LE GRAND MEAULNES

大茂那

ALAIN-FOURNIER

[法]
阿兰－傅赫涅 著
张挽云 译

上海人民出版社

阿兰-傅赫涅

献给妹妹伊莎贝勒

序

在花间，在风里，在细雨中

《大茂那》是法国作家阿兰–傅赫涅写于20世纪初的小说。小说以奇诡、隽永的叙事、田园诗般的格调和深挚的悲悯情怀，吸引了一代又一代读者，产生了深远影响，恒久照耀在世界文学天空。

阿兰–傅赫涅生当19世纪末到20世纪初。第二次工业革命的兴起和殖民地的扩大，使欧洲经济和物质文明得到空前繁荣。这促使了象征主义运动与主观美学的兴起和现代主义文学艺术的形成。在这样的背景下，这部小说的创作忠实地继承了现实主义传统，融合着自然主义、象征主义和意识流等多样文学流派。这反映在阿兰–傅赫涅与文学评论家雅克·黑维耶（Jacques Rivière）的通信中。通信对19世纪的两大文学学派——现实主义和自然主义有深入的探讨。这使小说的起笔有扎实的美学基础。一方面，她的叙事有狄更斯成长小说和史蒂文森历险小说的缘起。另一方面，她并不严格遵循时空顺序。人物、场景和故事像色彩缤纷的花雨，自由漂移，有着亦真亦幻的神秘色彩，深藏象征意蕴。这使她成为20世纪初法国文学传承和转向的标志。

阿兰-傅赫涅是一位富有传奇色彩的天才作家。他生于法国谢尔省的拉沙佩勒-当吉永（La Chapelle-d'Angillon）。父母都是小学教师。12岁那年，他去了巴黎，在伏尔泰中学就读。他曾说服父母报考海军学校，但最终放弃。在布雷斯特得到高中文凭后，他在拉卡纳尔高中准备巴黎高等师范学院的录取考试。在此期间，他结识了一生挚友雅克·黑维耶。雅克·黑维耶后来和他的妹妹伊莎贝勒·傅赫涅结为伉俪。他们一直保持通信。两人对文学的思考和交流保存在信中。1928年，这些宝贵的信件结集出版。

小说具有自传性质，人物和地址都有依据。男主人公奥古斯丹·茂那来到法国中部谢尔省乡间“我”家寄宿，就学于圣阿加特公学。这是一名聪明、勇敢、特立独行和富有冒险精神的少年。一次出行迷路，他意外走进萨布洛尼埃庄园，巧遇一场奇特的婚礼并邂逅女主人公伊冯娜·德·卡莱。由此，小说展开了曲折、凄美的历险和传奇故事。

1906年，阿兰-傅赫涅18岁。在一次画展上，他偶遇伊冯娜·德·盖芙库尔，一见钟情。无奈她已订婚，并于第二年在土伦完婚。阿兰-傅赫涅一直不能放下对她的思念。她是小说女主人公伊冯娜·德·卡莱的原型。在报考巴黎高等师范学院失败后，他得到一次去英国实习的机会。在此期间，他阅读了大量英国文学作品。这之后他服了三年兵役。1910 年，他受聘在巴黎一家杂志社作编辑并成为专栏作家。他出版了一些诗歌、散文和短篇小说，结识了许多著名作家、诗人和画家，如安德烈·纪德、保罗·克洛岱尔、莫里斯·丹尼等。少年和青年时期的交游、阅历和博览，为《大茂那》的创作积累了丰富的素材。

1913 年，阿兰-傅赫涅 27 岁。历经八年，他完成了《大茂那》的写作。小说先在安德烈·纪德主编的著名杂志《新法兰西》（*La Nouvelle Revue Française*）上连载；几周后，由埃米尔·保罗出版社（Éditions Émile Paul）出版。当年，这部小说与另两位法国作家的小说角逐龚古尔奖。获奖的小说早已湮没无闻。惜败的《大茂那》历经两次大战和一百多年时间淘洗，成为经典。

小说出版第二年，第一次世界大战爆发。阿兰-傅赫涅参军后失踪。他与另外二十几位战殁者的墓地，直到 1991 年在马恩省找到。他如一颗明亮的新星，戛然划过天空，留下永不磨灭的光辉。

跨越了一个世纪，《大茂那》在法国一版再版，演绎成戏剧和影视，选入教科书和词典。阿兰–傅赫涅少年生活的埃皮讷耶–勒–弗勒黑耶（Épineuil-le-Fleuriel）和小说叙事所及地方，成为读者、仰慕者探险寻幽的胜地。书中圣阿加特公学的原型，被辟为大茂那博物馆（Maison École du Grand Meaulnes）。法国有阿兰–傅赫涅和《大茂那》研究联谊团体——雅克·黑维耶暨阿兰–傅赫涅之友协会（L'Association des Amis de Jacques Rivière et d'Alain-Fournier）。协会出版年鉴。长期以来，围绕着小说，在法国形成了如中国“红学”那样的显学。小说被译介于全世界。在中国有依据英译本的中文转译本出版。

2013 年春天，我一气读完了父亲送我的法文原著《大茂那》。小说深深地吸引了我，使我萌发了把她翻译成中文，与中国读者分享的愿望。翻译中，我参看了原著 1913 年第一版首印以来各版本，阅读和比较了能找到的这本小说和阿兰–傅赫涅研究与考证的法文文献与图籍。无论是整体还是细节，点点滴滴，都希望还原和保持这本法文名著的风貌。这个译本的蓝本，是经过 1913 年首次出版这本小说的法国埃米尔·保罗出版社授权，由法国 G.P. 出版社 1952 年出版的“青少年丛书”之一种。书中插图选自画家安德烈·迪尼蒙（André Dignimont）为小说另一版本所作的插图。

历经六年努力，对小说的激赏和对作者的钦慕，使我坚持不懈。我衷心希望读者喜欢她。作为成长小说，我特别把她献给青少年读者。

译者

2018年2月16日于红磡香水湾

目录
Table

序　在花间，在风里，在细雨中

第一部分 ◦

第1章　寄宿生 ◦ 2

第2章　四点之后 ◦ 12

第3章　“我们经常光顾一位篾匠的店铺” ◦ 16

第4章　逃跑 ◦ 22

第5章　归来的马车 ◦ 27

第6章　有人敲打门窗 ◦ 32

第7章　丝背心 ◦ 39

第8章　冒险 ◦ 46

第9章　歇脚 ◦ 50

第10章　羊圈 ◦ 55

第11章　神秘的领地 ◦ 59

第12章　威灵顿睡房 ◦ 65

第13章　奇异的派对 ◦ 69

第14章　奇异的派对（续篇）◦ 74

第15章　相遇 ◦ 81

第16章　弗朗兹·德·卡莱 ◦ 91

第17章　奇异的派对（结局）◦ 98

第二部分

第1章　大游戏 ◦ 104

第2章　我们中了埋伏 ◦ 111

第3章　波希米亚人在学校里 ◦ 117

第4章　神秘领地的一丝线索 ◦ 126

第5章　那个穿绳底帆布鞋的男子 ◦ 134

第6章　后台的争吵 ◦ 140

第7章　波希米亚人解开了他的头带 ◦ 145

第8章　宪兵们 ◦ 149

第9章　寻找迷失的踪迹 ◦ 153

第10章　洗衣日 ◦ 163

第11章　我背叛了 ◦ 168

第12章　茂那的三封信 ◦ 174

第三部分

第1章　游泳 ◦ 182

第 2 章　在弗洛翰丹家　◦　190

第 3 章　一次显圣　◦　202

第 4 章　大消息　◦　213

第 5 章　河边派对　◦　221

第 6 章　河边派对（结局）◦　229

第 7 章　婚礼那天　◦　239

第 8 章　弗朗兹的呼唤　◦　243

第 9 章　幸福的人　◦　249

第 10 章　弗朗兹的房子　◦　256

第 11 章　雨中的对话　◦　265

第 12 章　重担　◦　272

第 13 章　练习本　◦　281

第 14 章　秘密　◦　285

第 15 章　秘密（续篇）◦　294

第 16 章　秘密（结局）◦　302

尾声　◦　308

第一部分

第 1 章

寄宿生

90 年代 * 的一个 11 月里的星期日，他来到了我们家。

我一直把那里叫“我们家”，即使那处房子不再属于我们了。差不多十五年前我们离开了那个村子，我们也肯定不会回去了。

我们住在圣阿加特公学的房子里。我父亲——像别的学生一样，我叫他索海尔先生。他在这里教中级班和高级班，高级班的课是为获得小学初级班教师资格证书做准备的。我母亲教初级班 ** 的课程。

一幢长长的有五扇门窗的红房子坐落在镇子边，外墙布满了

---

* 原文为 189...，指 19 世纪 90 年代。——此类注释为译注，下同

** 当时法国小镇公学一般学制设置：①初级（小）班（petite classe），开设初级课程（法文简称 CP）。学生年龄在 6—9 岁。② 中级班（cours moyen），从初级班毕业后，升入中级班学习，学生年龄在 9—12 岁。③ 高级班（cours supérieur），学生 6 岁入学一般到 12 岁得到文凭。优秀者可升入高级班继续学业。从高级班毕业后，可去职业学校或师范学校深造。

爬山虎；一个带洗衣房和有屋顶长廊的大操场朝村子敞开大门；房子的北面，穿过操场上的一扇小栅栏门，一条大路通向三公里外的火车站。房子的正面朝北。后面，有庄稼、花园，还有镇边的牧场……这就是我们住的地方的简要地图。在那里我度过了一生中最珍贵也最纠结的日子。在那些年里，这个地方是我们少年历险旅程的起点，也是旅程每每中断时的归宿。

我们的历险像汹涌的波涛拍击着海岬。

那是好久以前一个偶然的变迁。督学还是省长的一个决定，让一辆乡下马车，在假期末尾时，把我和我母亲带到了那扇生锈的小栅栏门前（我们的居家用具要在这辆马车后运到）。那些正在花园里偷桃子的男孩子们，悄悄地从篱笆的缝隙里溜走了。

我母亲——我们都叫她米莉。她是我见过的最有条理的家庭主妇。

当她一走进那些尘土飞扬、被稻草填满的房间，马上失望地觉察到：就像我们一次一次搬家时遇到的那样，这些布局别扭的房间放不下我们的家具。她一边讲话，一边用手绢擦着我在旅行中抹黑了的孩子的脸，诉说她的忧虑。然后，她回到房子里，数清了墙上所有窟窿，为的是把它们堵上，让这里变成能住的地方……而我，戴着一顶系着丝带的大草帽，一直被留在一片陌生操场的沙地上。我等待着，在水井和棚子周围东张西望。

至少我能想起的刚到这里的情形就是这样。一旦重拾那些遥远的记忆，想起第一天傍晚我们在圣阿加特院子里的等待，另一个等待的记忆也会浮现……

我好像看到我双手把着栅栏门，正翘首等待那个人沿着大路走来。如果我尝试着回忆到圣阿加特院子的第一个夜晚，我不得不爬到二层阁楼进入我的房间的情形，那么另一些夜晚的情形也会联想忆起：我不再是一个人在房间里。一个不安的、似曾相识的大影子漂移在墙壁上。所有那些宁静的风景……学校，老马赫丹有三棵核桃树的庄稼地，每天一到下午四点就会挤满女客人的花园 ……仍然留在我的记忆中，它们被那位朋友的出现惊扰，永远地改变着。他的出现让我们整个青春躁动不安，他的消失也没能让我们得到安宁。

不过，当茂那到这儿的时候，我们在这个村子里已经住了十年了。

我那时 15 岁。这是 11 月里一个寒冷的星期日——晚秋让我们感到了冬天迹象的第一天。整整一天，米莉都在等一辆从火车站过来的马车。它会给她捎来一顶为这个坏季节准备的帽子。早上，她错过了弥撒。而直到布道时，和唱诗班的孩子们坐在一起的我一直焦虑地看着一侧墙上的挂钟，希望看到她戴着新帽子走进来。

中午过后，我只好独自去作晚祷。

“另外，”为了安慰我，她抚摸了我一下，对我说：“即便它到了——我是说那顶帽子，我也肯定不得不花上一整个礼拜天把它改造一遍。”

冬季的星期日我们经常就是这样度过的：我父亲一大早就会出远门，在覆盖着一层薄雾的某个池塘边的一条小船上吊狗鱼。我母亲则躲在她幽暗的房间里直到夜晚，简简单单地缝补那些日常穿的衣物。她如此闭门不出，是怕会无意中碰见她的女伴中的一位——和她一样没有钱但同样很自尊。而我总是在晚祷结束后一边在那间有些冷的饭厅里读书，一边等着母亲打开房门进来，向我展示她的缝补成果。

这个星期日，晚祷之后，喧闹声把我拉了出来。教堂前，门廊下举行的一个洗礼仪式把男孩子们聚集在了一起。广场上，镇上的一群男人穿着消防员制服，三支枪一架，站在那里跺着脚，冻得直发抖。他们听着队长布佳东的口令，操练得一团糟……

响亮悦耳的礼拜钟声突然停了下来，像是一个要传出节日喜庆声音的人意识到搞错了日子和地点。布佳东和那群男人们，斜挎着枪，带着水泵快步小跑起来。我看着他们消失在第一个转弯处，四个男孩悄悄地跟随着他们。他们的厚底鞋碾着冰冻路面上的小树枝咯吱咯吱作响——跑在这样的路面上？我没敢跟着他们。

这时镇里最活跃的地方就只有达尼埃尔咖啡馆了。我能听到喝咖啡的人在热烈地交谈着。吵嚷声闷闷地升起而后又恢复平静。大操场的矮墙把我们的家和村子隔开了。紧贴着矮墙，我来到小栅栏门处，由于晚归，我有一点不安。

栅栏门半掩着。我马上看到了某些异常。

实际上，在饭厅门外——面向操场的五个门窗中最靠近栅栏门的那扇——一位灰发女士歪着头透过窗帘向里张望着。她个子不高，戴了一顶有系带的老式黑天鹅绒女帽。她有一张消瘦的显得精明的脸，但被焦急搞得有些憔悴。不知道她为什么而焦虑，看到她这个样子，在栅栏门前第一层台阶上，我止了步。

“他跑到哪儿去了？我的上帝！”她小声地说。

“他刚才还和我在一起。他已经绕着房子转了一圈。他可能逃跑了……”

在每句话之间，她都轻敲三下窗玻璃，很难让人觉察。

没有人出来为这位陌生的来访者开门。米莉可能收到了火车站送来的帽子。她正在床前忙着拆拆缝缝，改制她那顶普普通通的帽子。床上撒满了老丝带和被弄直的羽毛。在红房子的紧里头她什么也听不到。

果然，当我走进饭厅的时候，那位来访者马上跟在我后面。我母亲两手扶着头上的帽子出现了。铜丝线、丝带和羽毛乱糟糟地盘在她头上……她朝我微笑着，蓝眼睛里充满了在日落时做针线活的疲惫神情。她嚷着：

“看哪！我正等着给你展示呢！”

可是，当米莉瞥见坐在饭厅深处大扶手椅上的那位灰发女士时，她尴尬地停了下来。米莉快速摘下帽子。在倾听女士介绍情况时，被她紧抱在胸前的帽子，像一个鸟巢扣在她的右臂弯里。

这位戴着系带女帽的女士，两膝间夹着一把雨伞和一只皮包。她微微摆着头，像一位来访的女客人那样，开始解释，舌头发出的声音噼啪作响。她重新镇定下来。在提到她儿子时，她甚至有一种傲慢的、神秘的、让我们有些惊讶的神情。

她们母子坐马车从拉费尔泰-当吉永来到十四公里外的圣阿加特。她是个寡妇，很有钱。她会絮叨——她曾经失去了两个孩子中年龄小的安东尼。那是一天晚上，在放学回家的路上，他跟着哥哥在一片浑浊的池水里游泳，淹死了。为让大儿子奥古斯丹到我们学校读高级班，她决定送他到我们家寄宿。

她马上把我们引到赞赏她儿子的话题中来。几分钟前，我还看到这位弯着腰从门窗里窥视的灰发女士，好像一只带着哀求、惊慌神色的母鸡丢了一窝刚孵出的小鸡，而现在我不再认得她了。

她带着赞赏的语气吹嘘着她的儿子，这很令人意外。她说他喜欢做些让她高兴的事。他经常沿着河边，光着腿，走上好几公里，为她捡回落在荆豆*丛中的黑水鸡蛋和野鸭蛋……他也在水中放些椭圆形的鱼篓捕鱼。一天晚上，在树林里他还发现了一只被套住的野鸡。

我吃惊地看着米莉——要是我做这样的事，外衣被撕破，我是不敢回家的。

---

* 一种灌木，有带刺的叶子和黄色的花朵。

我母亲没再听下去。她一边示意那位女士不要再说了，一边小心地把她的“鸟巢”放在桌子上。她平静地站起来，好像要去迎接那位不速之客。

上面阁楼仓房的一角，去年7月14日*那天，我们堆了许多已经被烟熏黑的烟花。这时，一个陌生的、坚定的脚步，来来去去，震颤着天花板。脚步穿行在二楼巨大的、昏暗的两个仓房之间，最后，消失在通往那些被遗弃的助教房间的方向。在那些房间里，我们晾晒着许多椴树叶并存放着一些还没成熟的苹果。

“刚才在楼下房间里，我就听到了这个声音。”米莉小声地说着，“我在想可能是你——弗朗索瓦回来了……”

没有人回答。我们全都站了起来。我的心怦怦地跳着。当阁楼朝厨房的楼梯门打开的时候，有人从楼梯上走了下来，穿过厨房，出现在饭厅昏暗的进口处。

“是你吗，奥古斯丹？”那位女士问。

这是一个17岁大小的男孩。垂暮中，我只看清他头顶的农夫毡帽和身上男孩子们系腰带的黑色学生罩衣。我也能辨出他隐秘

---

* 1789年7月14日，巴黎市民攻克了象征专制王朝的巴士底狱，揭开了法国大革命的序幕，7月14日被定为法国国庆日。

的微笑……

他瞥见了我。在有人可能让他解释之前，他问我：

“你到操场上来吗？”

我犹豫了一秒。米莉没有阻止我。我拿着鸭舌帽朝他走了过去。我们从厨房门走出来到操场的长廊上。夜色袭来。在黄昏的微光下，我边走边看他。他有一张棱角分明的脸，鼻子挺直，嘴唇线条柔和。

“瞧！我在上面找到了这个。你一定从没留意过。”

他手里拿着一只被烟熏黑的小木轮。一条绑着一串破损烟花的细绳绕在木轮上。那应该是为7月14日准备的太阳烟花和月亮烟花。

“还有两只没放。我们把它们都点着。”他说着，声音很沉静，似乎精彩的事还在后面。

他把帽子扔到地上。我看到他农夫式的短发。他给我看那两只没点着的烟花。两个药捻只烧掉了一截就被人弃掉了。他把木轮的轮座插在沙子上，掏着口袋——他居然拿出一盒火柴！我大吃一惊——火柴可是严格不准孩子们拿的！他小心地蹲下去，点着了药捻，拉着我的手迅速后退……

就在这时，商定了寄宿费用，我母亲带着茂那的母亲来到门口。突然她看到，在长廊下，随着发出的嘶嘶声，由红星星和白星星组成的两道烟花光束从地上飞腾起来。瞬间，她可能看到了我——站在奇幻和绚烂的光影里，拉着新来的大男孩的手一动不动……

又一次她什么也没说。

晚上，我们家的饭桌上，多了一位不作声的陪伴者 。他低头吃着，对我们盯着他的目光毫不在意。

第 2 章

四点之后

我很少和镇里的孩子们在街上跑。直到一八九几年这一年……我一直忍受着髋关节炎之苦。这让我变得有些怯懦和不自信。——我又看见自己用力追上那些敏捷的同学，在我们房子周围的小巷里，用一条腿艰难地蹦蹦跳跳着。

大人们也不大让我出去。我记得一向以我为荣的米莉也不止一次把我拉回家。她会狠狠地给我一巴掌，因为她看见我正单脚和村里的小调皮们一起跳着。

奥古斯丹到来时刚好赶上我的关节病痊愈。那是我新生活的开始。

他来之前，每当下午四点放学后，我孤独而漫长的夜晚就开始了。我父亲用教室里火炉的火点着我们饭厅的壁炉。最后几个没走的孩子一个一个也离开了这所渐渐变冷的，壁炉里冒起滚滚浓烟的校舍。还有追逐和几个游戏在操场上进行着。之后夜晚来临，清扫完教室的两个学生在小棚子下面找出他们带风帽的斗篷和短披肩，挎着小篮子，很快地离开，留下那扇敞开的大门……

而黄昏降临时，我会留在市政厅*的最里边，那间到处落着死苍蝇的档案室里，把自己关在那里。风拍打着墙上的招贴画。我坐在一把旧摇椅上，在一扇对着花园的窗户旁读书。

当天色变黑，附近农场的那些狗叫起来。我家小厨房的窗户透出亮光。我最终会回到家。我母亲开始准备晚餐。我蹬上通往阁楼的楼梯，在第三个台阶上坐下来沉默不语。我把头枕在冰冷的楼梯栏杆上，借着靠近厨房的一盏烛台闪烁的烛光，看着母亲在那间狭小的厨房里点起炉火。

这时一个人走了过来。他温和地、孩子般调皮地把我拉了起来。他吹灭了那根蜡烛——那根为我照亮母亲那张盘算着晚餐的、温柔的脸庞的蜡烛。他又熄灭了那盏入夜后点亮的灯，这是我父亲扣好外面带玻璃窗大门的栅板时，把我们幸福的一家人聚在一

---

* 在法国不是以地区面积和人口来划分行政单位。除了巴黎，所有的法国市镇都拥有同样的行政结构及法律权能。市镇由一个市议会管理，这是由欧美的政治制度和行政设置制度决定的。圣阿加特镇的市政厅设在圣阿加特公学的大房子里，位于一楼最右侧，一楼中间部分是两间学校的教室。索海尔一家住在大房子的左侧。

起的灯火。

这个人正是奥古斯丹·茂那——不久之后男孩子们开始叫他大茂那。

自从他寄宿在我们家，也就是说自打那年 12 月初，下午四点之后，学校就不再被遗弃了。课程结束后，即便那扇摆来摆去的门弄得教室很冷，搞清扫的学生的喊叫声和水桶的碰触声连成一片，教室里，仍然会有二十几个年龄大的学生，不论是村里的还是镇上的，挤在茂那周围。然后是长长的交谈和无休止的争论，我带着不安和欣喜在他们中间钻来钻去。

茂那几乎不说一句话。但大家都围在他身边。为了茂那，时不时地会有一个最贫嘴的男孩挤到中间，讲起农场里某个坏蛋的冗长故事，并请上他的伙伴们大声地轮流作证。其他人倾听着，张着嘴，静静地笑着。

茂那坐在桌子上摆着腿，似乎在沉思。在适当的时候，他也笑一笑，但是轻轻地，好像要留着他的开怀大笑为那些最精彩的段子。那是只有他自己知道的故事。然后，夜幕降临，当教室的窗玻璃折射的微光不再照亮这群吵闹的年轻人的时候，茂那会突然站起来，穿过围着他的拥挤的同学：

“走，上路！”他喊着。

这样所有的人都跟在他后面。直到天黑，人们还能听到他们从镇子的另一端高处传来的喊叫声。

我现在会加入他们。跟着茂那，我会走到镇外牲口棚的门口，这个时候人们正在挤牛奶……我们也会走进那些作坊。在昏暗的织布作坊最里面，在织布机的噼啪声中，织布工会说：

“瞧，学生来了！”

一般来说，快到回家吃晚饭时，我们会在学校旁边的德努家停一会儿。德努——那位大车修理匠，也是马蹄铁匠。他的作坊从前是一家小旅馆。两扇大门敞开。从炉火闪光的半明半暗的地方，传来锻炉风箱咯咯吱吱的声音和打铁的叮当声。有时，村里的人会在这儿停下车，闲聊一会儿。我们这样的学生会靠在门上，一声不响地看着他们。

正是这个时候，大约在圣诞节前的八天里，我们的故事开始了。

第3章

“我们经常光顾一位篾匠的店铺”*

雨下了整整一天，到晚上停了。白天过得很无聊。课间休息时，没有一个人出去。大家听到我父亲——索海尔先生在课堂上不停地喊着：

“安静些，孩子们!”

一天里最后一个课间休息，或者就像我们所讲的，最后十五分钟过后，索海尔先生若有所思地走来走去已经有一会儿了。感到厌倦的学生们发出嗡嗡的嘈杂声。这时，他停住了脚步，重重地用尺子敲了一下桌子。一片嘈杂声戛然而止，他问道：

“明天谁和弗朗索瓦驾车去火车站接萨庞迪先生和太太？”

这是说接我的外祖父和外祖母。萨庞迪先生，退休的老看林人，他看上去像一名军官，通常穿着一件灰色的羊毛呢斗篷，戴

---

* 典出英国作家丹尼尔·笛福的长篇小说《鲁滨逊漂流记》，篾匠店铺在这里用来比喻圣阿加特镇里的铁匠店铺。

着一顶兔毛帽子，他把它叫法国军帽……那些男孩子都认识他。早上，他会拎上一桶水洗脸。他像士兵那样，把脸扎到水桶里，胡乱地涮着山羊胡子。水溅了一地。孩子们把他围成一圈，带着惊讶的、尊敬的神情观察着他……他们也认识我的外祖母萨庞迪太太，那位小农妇。她戴一顶系带的针织皱褶女帽。至少有一次，米莉把她带到了小班课堂上。

每年，圣诞节的前几天，我们都会去火车站接他们。他们一般乘那趟下午四点零二分到达的火车。他们带着为圣诞节准备的用餐巾包好的栗子和食品，穿过整个省来看我们。他们一到，全家会出来迎接，把他们簇拥在门口。他们两个穿得暖暖的，微笑着，有点愣愣的。于是那个特别的、愉快的星期开始了……

这需要一个人和我一起驾马车去接他们。这个人要很规矩、不会让我们翻进沟里，还得是一个温厚的人。因为我外祖父萨庞迪在说话时总要略显挑衅地说“我发誓”，而我外祖母有点话多。

对于索海尔先生的问题，十多个人齐声喊道：“大茂那！大茂那！”

但是索海尔先生装作没听到。

因此他们又喊：“弗罗芒坦！”

另一些喊着："贾思曼·德鲁士！"

罗伊家的老幺跑到田里，骑到母猪上，飞快地跑着，刺耳地喊着："我！我！"

居唐博雷和穆世博夫只是害羞地举起手。

我想让茂那和我一起去。那样驴车上的小旅行对我会是非常重大的事件。他也很想。但是他不作声地装出轻蔑的样子。所有年龄大的学生都像茂那一样坐到桌子上，脚放在长凳上，就像我们正在一个放松、欢乐的时刻。高凡把衬衫脱下来围系在腰间，抱着支撑教室大梁的铁柱子兴高采烈地往上爬。但是索海尔先生让所有人的热情冷却了下来：

"好了！就穆世博夫。"

所有人一时安静下来，回到了各自的座位。

下午四点钟，在那个冰冷的、被雨冲刷过的大操场上，只有我和茂那。两个人看着被狂风吹干了的、发亮的镇子，谁也不说话。不久，小高凡戴着风帽，手里拿着一块面包从他家出来，贴着墙走到大车修理匠的门前，吹起口哨。茂那叫上他，推开铺子的门，我们三个人片刻间进入铺子。尽管一股冰冷的风急速窜进来，红通通的铺子里仍然热烘烘的。高凡和我坐在锻炉旁。我们满是污泥的鞋底陷进金属屑中 。茂那手插在裤兜里，沉静地背靠门站着。街上不时有村里的妇人从肉店出来，在风里低着头。我们便抬起头看看是谁。

没有人讲话。铁匠和他的伙计高大粗壮的身影投射在墙上，他们一个在拉风箱吹锻炉，另一个在打铁……回想起来那天晚上是我少年时最伟大的夜晚之一。对我来说，那时愉快和焦虑掺杂在一起：我担心我的同伴会夺去我们驾车去火车站的那点可怜的快乐。不过，我不敢承认的是，我倒期望他做出特别的举动把这一切都搞乱了。

这间店铺平静而有规律的工作不时地会被打断片刻。铁匠又一次把锤子重重地锤在铁砧上，发出清脆的声音。当他把刚锤过的铁块移近他的皮围裙查看时，他抬起头，好像是要喘口气："好吧！小伙子们还好吧？"

那位伙计右手一直握着拉风箱的把手，左手握拳顶在髋部，微笑着看着我们。

然后，沉闷而喧闹的工作又开始了。

在一次休息的片刻，通过那扇被大风拍打的门，我们瞥见米莉在风里正从这儿经过，一条方围巾紧紧地裹在身上，她手里拿着一些小包裹。

铁匠询问道："萨庞迪先生是不是要来了？"

"明天，"我答道，"和我外祖母一起，我驾车去接他们，下午四点零二分的火车。"

"要用弗罗芒坦的车吗？"

我很快地答道："不，用老马赫丹的。"

"噢！那么，你们不会再回来了。"

然后他的伙计和他笑了起来。

那位伙计慢悠悠地提醒道："驾着弗罗芒坦的母马，你们可以到维耶棕接他们。路上有一小时的停歇。离这里十五公里。甚至在马赫丹的驴被套好之前大家已经在回来的路上了。"

"这个，"铁匠说道，"这可是一匹跑得很好的母马啊！……"

"并且我相信弗罗芒坦会很愿意把车借给你们的。"

对话终止了。铁匠铺又回到刚才的状态，满是火花和嘈杂声，每个人都在想着自己的事。

该回去了，我站了起来，示意给大茂那。但是他没看到我，低着头靠在门上。他看上去被铁匠们刚才的对话深深地吸引住了，陷入沉思中。看着正在工作的平静的工人，他的目光正穿行在迷雾缭绕的地方。而我突然想起《鲁滨逊漂流记》里的画面。画中我看到那位英国青年在他伟大的出发之前，“经常光顾一位篾匠的店铺”……

从此我经常会想起这幅画面。

第4章

逃 跑

第二天下午两点，在严寒的景色里，高年级明亮的教室像一艘在大洋里的捕鱼船。在这艘小船上，闻不到腌鱼的盐水或机器润滑油的气味，闻到的是平底锅里烤鲱鱼的味道和那些回到教室、围着火炉取暖的学生身上发出的羊毛衣的煳巴味。

马上要到年末了，测试本子发了下来。在黑板前，索海尔先生把问题写成板书，教室里不是十分安静，混杂着低沉的聊天声、断断续续压低的叫喊声和为吓唬邻座喊出的不完整的告状的句子：

“先生！有人……”

索海尔先生一边写一边在想别的事。他不时回过头，又严厉，又心不在焉地看着我们。骚动声平息下来，又慢慢地开始，渐渐升高，像打呼噜的声音。

我是唯一一声不吭的人。我靠近窗户，坐在给年龄较小的学生准备的一排桌子的一端。为看到花园，我要稍微挺挺身子。一条小溪从花园一边流过，再往远去是田野。

不时地，我踮起脚尖不安地朝美丽星农场那边张望。下午刚上课，我就知道茂那午休后没有出现。他的同桌一定也发觉了。他正忧心他的测试，什么都没讲。可是只要他一抬起头，这个消息会马上传遍整个教室。这个人会像往常那样，大声叫着：

“先生！茂那……”

我知道茂那离开了。更准确地说，我怀疑他溜走了。午饭刚过，他可能就跳过矮墙，疾行穿过田间小溪旁的维耶普朗士*，直奔美丽星农场。他会借上那匹母马，去接萨庞迪先生和他的太太。这时候他可能正在套马。

美丽星农场在小溪另一面的山坡上，那是一个大农场。夏天，那里长满榆树、橡树。树篱围着的农场掩映其中。农场前有一条小路和去火车站的大路相连。小路的另一侧是村子。那座王朝时期留下的大房子，在 6 月时会被绿叶遮蔽起来。大房子高大的外墙被拱壁支撑着。墙根儿堆沤着肥料。夏日夜幕降临时，从学校这边我们看不清农场，只能听到那边运货马车走在路上和牛倌吆

* 维耶普朗士（Vieille-Planche），法语意为“老木板”。

喝的声音。但现在这个时候，透过窗户，在光秃秃的树枝之间，我能看到浅灰色的高高的院墙和大门。往远些，在篱笆之间，一条狭长的小路覆盖着白霜，沿着小溪通往去火车站的那条大路。

在明朗的冬季风景中一切都是平静的，看不出任何变化。

索海尔先生就要写完第二道题。一般来说他都要出三道问题。没准儿今天碰巧他只出两道题——只要一回到讲台，面向我们，就会觉察到茂那的缺席。他会派上两个男孩子走遍镇子去找他。他们一定会在茂那套马前找到他……

索海尔先生写完了第二道题。他放下疲惫的胳膊，休息了一会儿……他要另起一行写第三道了。我长长地松了一口气。他一边重新开始写，一边说：

"这道题，"他强调说，"不过是孩子的游戏。"

……窗外远处，两根可能是车辕的黑影子出现在美丽星农场的围墙后，又消失在视线中。现在我确信那边的人正在为茂那的出发做准备。这会儿，母马的头和肩从农场外墙的两个门柱间出来，停在那里。人们可能正在车厢后面忙碌着，为茂那要接回的客人加椅子。最后马车缓缓离开农场，消失在树篱笆后面，接着又缓慢地出现在从栅栏之间远去的白色小路尽头。我辨认出那个拉着马缰绳的黑影子。他像农夫那样，一只胳膊肘懒散地拄在座驾一边。那正是我的伙伴奥古斯丹·茂那。

又过了一会儿，一切又被篱笆遮掩了。两个男人站在美丽星农场的大门口，看着马车离去。他俩看上去开始起劲地讨论着什么。然后一个人合起双手作话筒状呼喊起茂那，向马车驶去的方向追了几步……

然而，马车已驶入大路。此时的茂那突然精神起来。一只脚向前立定，身子挺直，像罗马战车上的驭者那样，两手交替扽着缰绳，让他的母马全速跑起来。马车一会儿就从坡路的另一端消失了。小路上，那个呼喊茂那的男人又跑了起来。另一个男人急速穿过田野，朝我们的方向跑来。

几分钟的工夫，在索海尔先生离开黑板，擦手上的粉笔末的时候，教室里三个声音一起喊道：

“先生！大茂那溜走了！”

那个穿蓝衬衫的男人跑了过来。他猛地推开门，摘下帽子，在门口问道：

“对不起，先生，是您准许这位学生来借那辆马车去维耶棕接您岳父岳母的吗？他让我们生疑……”

“哦？压根儿就没有！”索海尔回答道。

顷刻，教室陷入一片可怕的混乱中。靠近门口的三个人冲了出去——他们通常要投石子赶走到操场花坛那里啃食屈曲花的山羊和猪。我们听到他们有铁掌的鞋踏在石板路上咚咚的响声。接着，在朝大路敞开的小栅栏门外的转弯处，传来他们跑过砂砾和鞋底打滑的咯咯吱吱的声音。教室里所有学生都拥到了朝花园的窗户前。为了看得更清楚，有人甚至爬到了桌子上……

但是太晚了，大茂那已经溜掉了。

“你还得和穆世博夫一起去火车站，”索海尔先生对我讲，“茂那不知道去维耶棕的路。他会在交叉路口迷失方向。他不会在下午三点到达火车站。”

小班教室的门口，米莉伸出脖子问道：

“发生了什么？”

镇子的街上，人们开始聚集起来。那位跑来的农民一直站在那儿，执拗地一动不动，手拿着帽子，一副无辜的样子，像是要讨个说法。

第 5 章

归来的马车

我从火车站接回了外祖父和外祖母。吃过晚饭后，他们坐在高大的壁炉前，开始详细地、一件件讲述自从上一次来这儿以后发生在他们身上的事。

不一会儿，我发觉我根本没听他们在讲什么。

操场靠近饭厅门的小栅栏门虚掩着。以往，在漫长的乡下夜晚初始时，我总是静静地等着栅栏门被人推开时"嘎吱"的响声。紧接着房门外会传来铿锵作响的木鞋声和擦鞋的嘈杂声。有时会有低语声，人们在进屋前像是商量着什么。之后有人敲门。可能是一位邻居或是女教师们……终于有人来打破我们冬季傍晚生活的单调和无聊了。

然而，今天晚上，所有我喜欢的人都聚在我们家。我不应该分心。可是我仍然警惕地分辨着门外细微的动静，等着有人打开门。

老外祖父坐在那儿，头发是一副加斯科涅*大牧羊犬似的乱蓬蓬的样子。两只脚沉沉地放在前面。他把拐杖夹在两腿之间，倾斜着肩膀在鞋上磕着烟斗。他水汪汪的、亲切的眼睛流露出对外祖母关于他们的旅行、他们的母鸡、他们的邻居和那些还没有交地租的农民的喋喋不休的赞许。但是我已经走神儿了。

我想象着那辆飞奔的马车突然停在大门前。茂那从马车上跳下。他走进来就像什么也没发生过……或者他先把母马送回美丽星农场，不久我会听到他走过来的脚步声和推开栅栏门的声音……

但是什么也没发生。外祖父眼神直直地望着前方，眼皮沉了起来，好像要睡着了。外祖母局促不安地重复着她的最后一句话，但没有人在听：

“这就是那个让你们担心的男孩子？”

事实上，在维耶棕火车站的时候，我问她，有没有看到一个像大茂那那样的人。其实，我没指望她回答。我知道，大茂那耽搁在路上，他们不可能见到他。

---

* 加斯科涅（Gascogne），法国西南部旧省名。

我失望极了。回来的路上，外祖母和穆世博夫闲谈着。

在上了一层白霜的路上，驴拉着车子碎步小跑。小鸟在驴蹄子之间盘旋着。这个寒冷下午的寂静，不时地被遥远地方的羊倌儿的吆喝声或一片冷杉树丛到另一片冷杉树丛之间男孩呼唤伙伴的声音打破。在这片荒凉的山坡上，每一声长长的呼喊都会让我感到一阵战栗。那好像茂那在召唤我随他去远方……

当这一切还在我脑子里转着，已到了该睡觉的时候。外祖父走进红屋子——那间又潮又冷、可作卧室也可作客厅的屋子——自从上个冬天后就关着门。为方便外祖父住进来，我们拿走了铺在沙发扶手椅背上的网格花边巾，卷起地毯并且把那些容易碎的东西放到不易碰到的地方。他把他的拐杖横放在一把椅子上。一双大鞋放在沙发扶手椅下。

他刚刚吹灭房间里的蜡烛，我们站在那里互道晚安，准备回各自房间休息。这时，门外的马车嘈杂声让我们闭起了嘴。

听上去像是两辆马车一辆接着一辆慢慢地小跑过来。马儿收住脚步，最终停在临大路的、已被砌死的饭厅窗下。我父亲急不可待地拿了灯，打开已经锁好的房门，接着把栅栏门推开，站在了台阶上。为看清眼前发生的事，他把灯举过了头顶。

确实有两辆马车停在那里，一辆车的马拴在另一辆马车的后面。一个男人从车上跳下来，迟疑地问道……

“市政厅是在这儿吗？”他边说边向我们走来，“你们能帮我找到弗罗芒坦先生，那位美丽星农场的佃农吗？我在路上看到了他的马车，但没人驾车，正沿着靠近圣卢普德布瓦大路的小道上走着。我提着灯，看清了车牌上他的名字和地址。我担心出事，把它拴在车后拖了回来，这也耽搁了我很多时间。”

我们站在那儿，目瞪口呆。我父亲走过去举灯照亮了马车。

“没有驾车人留下的东西，”那个男人继续说，“连盖盖身子挡挡寒气的东西也没有。那头牲口看上去很累，有点散腿。”

我走到最前面和大家一起打量这辆失而复得的马车。马车像被海浪冲上岸的一片沉船的残骸——茂那历险的第一片残骸，也许是最后一片。

“如果离弗罗芒坦家很远，”那个男人说，“我就把马车留给你们。我已经耽搁了很多时间，家人一定担心我。”

我父亲同意了。我们要在今晚把马车送回美丽星农场，但是不会提及这件事的详情。然后，我们要商量好怎么去和村里人讲，再就是给茂那的母亲写信……

那个男人谢绝了我们给他的一杯葡萄酒，鞭一下马上路了。

外祖父在他房间里点燃了蜡烛。我父亲驾马车去了农场。我们默默地从外面回到屋里，这时外祖父喊道：

“那么，他回来了吗？那个溜走的人？”

女人们交换了一下眼色答道：

“是呀，他已经回他妈妈家了。来吧，睡觉吧。你不用担心！”

“很好！好极了 。这正是我所想的。”他说。

然后，他心满意足地熄灭了蜡烛，在床上翻了个身，准备睡觉了。

我们给了镇里的人同样的解释。至于开溜者的母亲，我们决定等一等再给她写信。三天里，一家人对我们担心发生的事守口如瓶。

——我又看见，那天父亲在大约十一点时从农场回到家。夜里的露水把他的胡子打湿了。他用低低的、既愤怒又焦虑的声音和米莉讨论着……

第6章

有人敲打门窗

这件事过去后第四天是这年冬天最冷几天中的一天。大清早，先到院子里的学生们在井周围打起滑，好让身体暖和起来。他们等着教室里的火炉点好后快速冲到那儿。

我们几个人守在门后，注视着来自附近乡下的男孩子们。他们还像往日那样，从蒙上一层霜的风景里走来，路过结冰的池塘和那片野兔窜来窜去的灌木丛，看上去让人眼花缭乱。在教室里，当他们挤到红通通的火炉周围时，从他们的身上会散发出浓重的干草和牲口棚的气味。这天早上，一个男孩的篮子里有一只他在路上抓到的松鼠。我记起他们试着让它的爪子抓住操场长廊的柱子。这个抻长了的小动物已经冻僵了……

然后沉闷的冬季课程开始了……

突然一阵敲门声让我们抬起头。透过门玻璃，我们看到大茂那站在门口，正抖着衣服上的霜，头抬得高高的，眼里露出得意的目光。

靠门最近坐在长凳上的两名学生冲过去开门。他们在门口处有一阵小声的交谈。我们什么也没听到。那个开溜者决定进来了。

从荒凉的院子里吹来的一股清新空气，挂在大茂那衣服上的树枝、秸秆，特别是他疲惫、饥饿，但是很有魅力的神态，所有这些都让我们好奇和兴奋。

索海尔先生从小讲台上走下两个台阶。他正在给我们做听写。茂那带着挑衅的神情朝他走过去。尽管他看上去筋疲力尽，可能在路上过夜熬红了双眼，可我仍能想起当时感到这个大伙伴很帅。

他一直走到讲台，带着很自信的声音，像是捎回了一个消息：

“我回来了，先生。”

“我看到了。”索海尔先生回答，并用好奇的眼神打量着他，“去吧，坐到你的座位上去吧。”

小伙子转过身面向我们，背有点弯，微笑中带着嘲讽的神情，像那些不守纪律、年龄较大的学生被罚时的样子。他一只手抓住桌角，让自己滑到了长凳上。

“我会给你一本书 。”索海尔先生说，所有人的头都转向了茂那，“同学们做听写的时候，你可以读它。”

课堂又恢复了平静。大茂那不时地转向我这边望着窗外。窗外是白色的、棉絮般静止的花园和荒凉的田野。田野上不时有乌鸦起落。教室里红通通的火炉旁，人感到闷热。他双手托着下巴读着。我看到他眼睛闭了两小会儿。我想他要睡过去了。

“我想去睡觉，先生。”他终于低低地举起手讲道，“瞧，我三个晚上没有睡了。”

“去吧！”索海尔先生说。他很担心，希望别出事。

所有人的头都抬了起来，笔悬在空中，遗憾地看着大茂那离去。他的后襟满是皱褶。鞋子沾满了泥土。

那个漫长的上午终于过去了。接近中午时，我们听到上面阁楼里那个溜走回来的人正准备下楼。午饭时，我看到他坐在生着火的壁炉前，旁边是发愣的外祖父和外祖母。当钟敲十二响时，分散在满是积雪的操场上的男孩子们跳跃、嬉戏着，高高矮矮的影子来来往往，投射在饭厅门窗的帘子上。

这次午饭，我只记得在无边的沉寂之下游动着强烈的、局促不安的情绪。所有的一切都像是凝固了：桌上盘子下的漆布，杯子里的葡萄酒，脚下红色的瓷砖……为避免不快，我们没有盘问这位出走者。他也知趣地一声不吱。

最后，甜点吃完了。我和大茂那可以在操场上蹦蹦跳跳了。

午后，孩子们的木鞋把操场上的雪掀了起来。长廊棚顶往下滴着开化的雪水。雪白的操场变成了黑色，充满了游戏的孩子们刺耳的喊叫声。茂那和我沿着房子跑着。两三个镇里的朋友放下游戏，解开脖子上的长围巾，手插在兜里，高兴地呼喊着跑来，脚下溅起了泥浆。我的同伴冲进高年级教室，我也跟了进去。为挡住后面的男孩子们，我们及时地关上了带玻璃窗的门。随之而来的是一阵猛烈推门中玻璃的哗啦声和木鞋踢在门槛的砰砰声。两扇门间的铁栓被撞弯了。大茂那顾不上手会被弄伤，上前转动钥匙，反锁了门。

要是夏天，我们会习以为常地想到那些上课了还留在花园里疯跑的男孩们。他们会在教室关门后从窗户爬进去。这样做通常让人恼火。但是现在是 12 月，所有的窗户都是关着的。他们在外面推了一会儿门，朝我们大声谩骂了片刻后，重新戴好围巾，转身一个接一个低头走掉了。

闻起来有股板栗和劣质酒酸味的教室里，只有两个做清扫的人在挪桌子。为取暖我懒洋洋地靠近火炉，等着重新上课，而大茂那在老师的讲桌和一些课桌里找着什么。

不久，他找到一本小地图册。他开始很有兴趣地研究起来。他站在讲台上，胳膊肘拄着讲桌，头埋在两手之间。

我想走近他，把手搭在他肩上，一起专心地看他走过的那条路线。这时和小班教室相连的那扇门给猛地推开了。贾思曼·德鲁士突然出现了，高声欢呼。一个村里的小伙子和三个镇上的男孩跟在他后面。小班的一扇窗户大概没关好。他们应该是从那里跳进教室的。

贾思曼·德鲁士长得很矮，即使他是高年级班上年龄较大的。他非常嫉妒大茂那，尽管他冒充他的朋友。在大茂那到这儿之前，贾思曼是这个班的头子。他有一副苍白而呆板的脸孔和一头涂着发蜡的短发。他是德鲁士寡妇——小客栈老板的独生子。他装得像个成年男人，总是一副自负的样子，重复着他听那帮玩台球的人和喝苦艾酒的酒鬼说过的。

当他进来的时候，茂那抬起头，皱着眉头，朝那些互相拥挤着冲向火炉的男孩子们喊道：

“你们不能在这里安静一分钟吗？”

“如果你不高兴，你可以留在你原来的地方。”贾思曼·德鲁士答复着，没有抬头。他觉得自己有一帮同伙作后盾。

我想大茂那这时正在疲劳的状态下，他的怒火一下子被挑了起来，让人感到很吃惊而没有能力去遏制。

“你！”他一边说，一边站直身子，合上书，脸色有点发白。“马上离开这里！”

贾思曼冷笑着喊道：

“哦！你离开了三天，你相信你现在还是头吗？”

为了让另一些人加入争吵中，他又说：

“不是你让我们离开就离开的，你知道！”

但是茂那已经朝他走去。先是有一个推搡，大茂那衬衫的袖子发出撕裂声，开线了。只有马赫丹——刚才跟贾思曼一起进来的乡下的一个男孩子，过来平事：

“得了吧，到此为止吧！”他说道，张着鼻孔，摇着公羊似的脑袋。

茂那猛地把他推到教室中间。他摇晃着，两支手臂张开竭力保持平衡。然后，茂那一只手抓住德鲁士的脖子，另一只打开门。他企图把他扔到外面。贾思曼紧紧抓住桌子不放，脚拖着石板地。这使他鞋底的铁掌发出哧哧的响声。而马赫丹这时找回了平衡，头朝前，狂怒地走了几步。为了制服马赫丹，茂那放开了德鲁士。

就在茂那发现自己要处于不利局势的时候，门半开了。索海尔先生出现了。他头转向厨房，在进来前，正结束和别人的谈话……

混乱马上停止了。那些人在火炉边排成一行，低着头，极力掩盖自己是属于哪一伙的。茂那坐到他的座位上，袖子的上端开了线，垂了下来。贾思曼满脸通红。上课了，在索海尔先生敲尺子的声音响起前，大家听到贾思曼持续了几秒的喊声：

“现在他不能再撑着了。他是个狡猾的人。他自以为我们不知道他刚才在哪儿！”

“笨蛋！我就不知道。”茂那在一片沉静中回答道。

然后，他耸起肩膀，两手抱头看起了课文。

第7章

丝背心

我们的房间在顶楼，我叫它大阁楼间。顶层的一半用作仓房，一半是住房。朝操场那一侧的房间是给助教用的宿舍，这些房间里都有窗户。我们的房间在另一侧，不知为什么只有一扇天窗。门擦着地板，不能完全关上。晚上，当我们手遮着蜡烛挡住穿堂风的威胁爬上楼的时候，每次我们都尝试着关上门，每次我们都不得不放弃。整个晚上，我们都能感到三个谷仓的寂静一直渗透到我们的房间，笼罩在我们周围。

在这里我们又重逢了，奥古斯丹和我，在这个冬日的晚上。

当我很快脱掉衣服，把它们扔到床头边椅子上堆成一堆的时候，我的伙伴沉默不语开始慢慢地脱衣服。我已经上了床。隔着有葡萄藤图案的铁床床帷，我看着他。他在没有帐帷的、低矮的床上坐着，时而从床上下来，一边来回走，一边脱衣服。他把蜡烛放在一张波希米亚人用柳条编织的小桌上。烛光把他飘忽不定的、巨大的影子投射在墙上。

和我正相反，他带着漫不经心和苦涩的神情，细心地叠上并整理好他的学生服。——我又看见他把沉重的腰带放在椅子上，在椅背上叠好又皱又脏的黑外衣。他脱掉了一件穿在外衣里面的深蓝色短上衣。为把它铺在他的床脚边，他弯下腰把背转向我。当他站直重新面向我的时候，我看到他的短上衣里不是穿着那件制服式的铜扣小背心，而是一件奇特的丝背心。背心是低胸的，对襟由一排紧凑的珍珠小扣系着。这是一件很有魅力和想象力的背心。年轻人穿着它能和我们的老祖母在1830年的舞会上跳舞。

我回想起这位农夫大男孩把帽子整齐地放在叠好的衣服上，光着头。他有一张年轻健壮、线条明晰的脸。当他又穿行在房间里的时候，他开始解短上衣里神秘的原来不属于他的背心。这看上去有些怪：他贴身穿着卷起袖子的衬衫，短短的裤子，鞋上满是污泥，而他的手正在解一件为侯爵定制的背心。

像是从梦中猛地惊醒，手一触到这件背心，他立即转过头来，用焦虑的眼神看着我。我有点想笑。他同时冲着我笑了起来，脸上露出了光彩。

“噢！告诉我这是什么？”我用低沉的声音大胆地问他，“你从哪儿弄的？”

他的笑容一下消失了，重重地擦了两下寸头。突然，他像一个人再也经不住冲动，在精美的背心外穿上短上衣，仔细地系好纽扣，然后又穿上弄皱的外衣。他犹豫了一会儿看着我……最后，他坐到床边，穿戴整齐，像一名驻扎在营地的卫兵。他脱掉鞋。鞋重重地摔在地板上。随后，他躺下，吹灭了蜡烛。

大概午夜时分，我突然醒过来。茂那站在屋子中间，戴着鸭舌帽。他正在衣帽架上找着什么。他穿上一件披风。房间的光线很暗。甚至看不到月光照到雪上时不时反射来的光线。冰冷阴郁的风在满地枯萎的花园里和屋顶上吹着。

我稍稍坐起来，低声喊他：

“茂那！你又要走了？”

他没有回答我。因此我很是惊恐不安地说：

“好吧，我和你一起走。我要你带上我。”

我跳下床。他靠近我，抓住我的胳膊，把我按到床边，然后对我说：

“我不能带你，弗朗索瓦。如果我认识路，我会让你陪我一起去。但是首先我得在地图上找到这条路，可我没有找到。”

“那么，你不再走了？”

“是的，这是徒劳的……”他泄气地说，“来，你去睡吧。我向你许诺没有你我不会走。”

然后他在房间里来回踱着。我没敢再说什么。他走一会儿，又停下，然后再快速地走起来，像一个人在头脑里寻找着或是回忆着、盘算着、比较着。突然，他像是找到了什么，可又放下，重新寻找起来……

他的脚步声把我吵醒，这并不是唯一的晚上。我发现他总是大约凌晨一点在房间和堆杂物的仓房里踱步，像布列塔尼那些坚守在隐蔽处的值班水手，为了保卫海岸他们总是准时起床、穿衣，习以为常。

从 1 月到 2 月中旬，有那么两三次我从沉睡中被惊醒。大茂那站在那儿，穿戴整齐，他的披风披在肩上，做好了出发的准备。然而每一次，在村边，那个他溜走过一次的神奇的地方，他都停了下来，犹豫不前。

在他打开楼梯门的门栓，快速通过这扇很容易被打开、不会有声响的厨房门的时候，他又一次退却了……然后，在午夜漫长的几个小时里，他焦虑不安地思索着，大步穿行在那些被遗弃的谷仓之间。

终于大约在 2 月中旬的一天夜里，他把手轻轻地放在我的肩膀上，弄醒了我。

那天白天茂那一直焦躁不安。他放弃了参加同学们组织的所有游戏。在最后一个课间休息时，他坐在长凳上，很神秘地忙着画一幅小地图，在谢尔省 * 地图册上测量着、计算着。同学们在教室和操场之间来回跑着，木鞋哐哐作响，互相追逐着从一张桌子到另一张桌子，跳过长凳和讲台。大家知道当大茂那像这样用功的时候最好不要靠近他。由于课间休息被延长，两三个镇里的男孩子，假装游戏蹑手蹑脚地靠近他，从他的肩膀往下看。他们中的一个鼓起勇气把另几个人推向茂那……茂那马上合上地图册，遮上了正画的地图。几个捣蛋鬼一下子逃散了。他逮住了离他最近的那个。

这是那个坏脾气的日浩达。他发出哀怨的声调，脚踢腾着。然而最终，大茂那把他扔到了外面，并狂怒地对他喊道：

---

* 谢尔省（cher），法国中央大区所辖的省份，在法国中部。

“胆小鬼！我才知道他们为什么都和你作对，他们正琢磨着要揍你呢！……”

日浩达含含糊糊地说出一大堆辱骂我们的话。我们也朝他大喊。我的喊声最大，因为我是大茂那一伙的。现在我们之间像是有一个协定。他那个带我一起去的诺言，还不能说实现不了。这让我一直惦念着。我不断地想他的那场神秘的旅行。我想他一定是遇到了一位姑娘。她大概是那个村子里最漂亮的，比我们从修道院花园大门的锁眼里看到的让娜，比面包店老板的那位快乐的、金黄色头发的女儿玛德莱娜，比那位美妙的、但是疯狂的总是闭门不出的城堡女主人的女儿珍妮都漂亮。那一定是一位让他朝思暮想的姑娘。他像是小说里的英雄。

我要勇敢些和他谈一谈。上一次他弄醒我后，激起了我这个想法……

下午四点后，当我们听到路上的喊叫声的时候，我们两个正忙着放回打理花园的工具。这是一群年轻小伙子和男孩们，他们排成四列，以小跑的速度，变换着队形，就像是组织良好的连队。他们被德鲁士、达尼埃尔、日浩达和另一个我们不认识的人带领着。他们讥笑着花园里的我们，瞄着我们，正背着我们准备那种打仗的游戏。

茂那什么也没讲，把扛在肩膀上的锹和镐放回了棚子里。

正是这个午夜，我感到他的手放在我的胳膊上，我被惊醒了。

“起来。”他说，“我们要走了。”

“你现在知道那条路怎么走了吗？”

“我知道了一部分。还需要我们找到剩下的部分。”他回答道，紧咬着牙。

“听着，茂那！”我从床上坐起，“我们只有一件事要做。带上你的地图，等到白天我们一起出去，去找远处还没找到的路。”

“但是那部分路离这儿太远了。”

“好吧，一旦天变长，我们就乘车去。”

之后是一段持续的沉默，这表示他接受了我的想法。

“因为我们要一起去找你爱慕的那位姑娘。”最后我又加了一句，“茂那，告诉我她长什么样儿，给我讲讲她。”

他坐到我的床尾。在昏暗中，我辨认出他低垂的头，两只交叉的胳膊和双膝。他深深地吸了一口气，像是要把一段很长时间埋藏在心底的事吐露出来……

第 8 章

冒　险

那天夜里，我的伙伴没有讲路上遇到了什么。我们少年时的大秘密雪藏了一段时间后，他才向我吐露那些历险日子里所有的事——那个我要讲述的忧伤的故事。如今，一切都逝去了，只有未了的尘埃。

那么多美好的东西，那么多不美好的东西！*

现在我可以讲出这段奇异的历险了。

…………

那天下午一点半，天气寒冷。在去维耶棕的大路上，茂那飞快地驾着马车。他知道不早了。他只想取个噱头，弄辆马车在下

* 典出法国浪漫主义诗人玛瑟琳·德博尔德-瓦尔莫（Marceline Desbordes-Valmore，1786—1859）的诗《最后一面》(Dernière entrevue)。

午四点钟把我外祖父和外祖母接来，给大家一个惊喜，他真的没有别的意思。

迷路后，他渐渐地被冻透了。他用被子包起腿。这床被子还是借车时美丽星农场的人硬塞到车上的。

两点钟的时候，他路过拉莫特镇。他还从来没在开学时来过这儿的小村子。看着这冷清、没有生气的地方，他缓了缓神儿。不远处，一扇窗的窗帘拉开了，一位老婆婆好奇地伸头张望。

经过一所学校，走出了拉莫特，他马上在两条大路之间犹豫起来。他约莫着去维耶棕应该往左转，可是看不到一个人可以问路。

他盲目地驾着马车快步跑上一条铺得很差、渐渐变窄的碎石路。沿着一片松林走了一会儿，他终于遇到了一辆运货的马车。他把手拢在嘴边作话筒状向车夫喊着，问这是不是去维耶棕的路。马车夫驾着马车继续小步快跑。他好像没听明白茂那的问话，比画着喊了些什么。大茂那只好撞大运了。他上了马车夫走的那条路。

马车驶过一片冰冻的平原，没有任何意外和分心。偶尔，马车惊起一只喜鹊，飞向光秃秃的榆树。这个开溜者把大被像一件斗篷那样罩在肩上，把自己裹了起来。他伸直了腿，胳膊支在马车一侧的扶手上，打了一个长长的盹儿……

……寒气直往被子里钻。茂那被冻醒了。他觉察到风景已经变了。不再是那幅遥远的、融入地平线的白色天空下空旷的景象，取而代之的是一幅入冬后仍呈现着绿色的有高围栏的小牧场画面。牧场左右沟渠的水在冰层下流淌着。所有这些会让人揣测一条河在不远处。

这时，在两排高高的篱笆之间，大路消失了，延伸出一条窄窄的、坑坑洼洼的小道。

母马收住小跑已经有一会儿了。茂那给了它一鞭子，想让它快步跑起来，可它仍然慢慢地走着。大茂那身体向前倾，手扶在马车一侧的挡泥板上，弯下腰，看到马的一条后腿瘸了。他很担心，立即跳下车。

“永远也到不了维耶棕了。”他低声地说。

他不敢承认这个令人吃不消的事实——他可能迷路了。他已不在那条去维耶棕的路上了。

茂那花了很长时间查看母马的后腿，没有发现任何伤痕。他想抓起那只马蹄。母马惊慌地抬起腿，然后在地上笨拙地蹭着沉重的蹄子。茂那终于明白是一颗石子塞在了马蹄里。他可是伺候牲畜的好手。他蹲下来，想用左手抓住马的右后蹄子，把它放在膝盖中间，但是马拖着车子往前移动。他又努力了两次，母马都挣开了，又往前走了几米。车厢踏步撞了茂那的头，车轮把他的膝盖碰伤了。他坚持着，还是控制住了受惊的母马。但那颗石子陷得太深。为了把它弄出来，茂那用上了他那把农夫常用的小刀。

石子终于取出来了，他两眼发花，半眩晕地再次抬起头。夜色降临，他惊呆了……

除了茂那，所有人都会毫不犹豫地决定立即折回。这是唯一不再错下去的办法了。他想他应该离拉莫特很远了。当他昏昏欲睡的时候，那匹母马可能走上了一条横向的岔路。这条小路渐渐引着他的马车，去了一个村庄……

想到这些，尽管遇到了那么多的困难，当他爬上马车时，还是感到一种要完成某件大事、要到达某个地方的愿望在他的体内被激起和滋生着。而那匹母马已经失去了耐性，挣紧了缰绳。

他抽打着母马让它又快跑起来。天色更暗了。那条雨水冲刷过的小路，车子刚刚可以通过。干枯的篱笆树枝时不时地搅进轮子，随后折断，发出清脆的响声……当天彻底变黑时，茂那的心突然揪了一下。他想起了圣阿加特的饭厅。这时大家应该都准时聚在那儿了。失落和孤独感向他袭来。然而很快，一种骄傲的快乐，油然涌上他的心间……

第9章

歇　脚

突然，母马放慢了脚步，好像它的脚在昏暗中踩到了什么。马头两次埋下去又抬起来。马突然停了下来，鼻子像是闻到了什么东西。茂那听到马蹄旁汩汩流淌的水声——一条小溪把路断开了。这里夏天应该是可以涉水的地方。但眼下水面没上冻，水流湍急，再往前走是很危险的。

茂那轻轻地拉着马缰绳，感到非常困惑。他在车座上挺直身子，试图让马车往后退几步。这时，在不远处，仅仅隔着两三块草地，他看到树枝间透过一抹光亮……

茂那下了车。母马受了惊，发疯似地甩头。为了让母马安静下来，他一边拉缰绳，一边说：

“来，我的老姑娘！我们没有多远了，马上我们就会打听到我们现在在哪儿了！”

在一片临小路的小草场上，他推开半开的护栏，把马车牵了进去。他的脚陷进了松软的草地里。马车在后面颠簸着。他的头和马头碰到了一起。他感到马身上的热气，听到它的喘息……他牵着马到了这片草地的尽头，把被子盖在马背上。当他拨开近处篱笆上的树枝时，他又看到了那道从一所孤立房子里发出的光亮。

然而，他还要穿过三块草地，跳过一条潜伏着危险、差点把两脚陷进去的小溪……最后，他从一个斜坡上纵身一跳，发现自己落到一间村舍的院子里。一头猪在院子的某个角落发出呼噜声。随着爪子刨在冰冻的土地上的声音，一条狗狂怒地吼叫起来。

门栅板敞开着。茂那看到的那缕微光原来是壁炉里燃烧的柴火发出的，除此没有其他的光亮了。屋子里有一位老妇人。她站起来，走过来开门，没有显出惊恐的神情。这时时钟正打七点半。

“对不起，我不幸的夫人。”大男孩说，“我想我踩了你们的菊花。”

她站在那儿，手里拿着一只碗，看着他。

“是啊！”她说，“院子里黑得看不见路。”

茂那跨过门槛。之后沉寂了一阵。他站在那儿，观察着四周：墙上贴满了像贴在旅店墙上的、从报纸上剪下的图片。桌上放着一顶男士帽。

“您丈夫不在家？”他坐下来问道。

“他就要回来了。”女人很确定地回答，“他去找柴火了。”

“我不是要找他。”年轻人把椅子靠近火继续说道，“我们几个打猎的人守在这儿。我来是请求您让出一些面包给我们。”

大茂那知道对乡下人，特别是在偏僻的农场，讲话时要多一些谨慎，甚至要有一些策略，尤其不要让他们看出你是外乡人。

“面包？——我恐怕没有多少给你了。”她说，“面包师傅每个星期二都来送面包，但今天可能有什么原因他没来。”

奥古斯丹本来希望这里临近一个镇子，现在感到有些害怕。“哪个地方的面包师傅？”他问。

“怎么！老南赛的面包师傅啊！”女人吃惊地回答道。

“从这里到老南赛有多远？”茂那很不安地追问道。

“要走大路，我不能确切地告诉你。抄小道有三古里*半。”

她开始絮叨她有一个女儿在老南赛作用人。每个月的第一个星期日女儿都步行来看她。她的那些老板……

但茂那打断了她，让话题转了回来。他问道：

---

* 法国古里（lieue），一古里约合四公里。

“老南赛是离这儿最近的镇子吗？”

“不是，雷朗德离这儿五公里。但是那里没有商家和面包师傅。只是每年在圣马丁节 * 时有个小集市。”

茂那从来也没听说过雷朗德。他意识到他如此轻率地迷了路。他几乎感到这很可笑。女人忙着在水池里洗碗，好奇地转过身来，直视着他，慢悠悠地问：

“您是这地方的人吗？……”

这时候，一位上年纪的农民出现在门口。他把一抱木柴扔在铺着方砖的地上。他像是耳聋，女人大声地给他解释着这位年轻人想要做什么。

“好吧！这很简单。”他率直地说，“哦，靠近点壁炉，先生。那样您不会暖和过来的。”

过了一会儿，老人来到了壁炉的铁篦子 ** 旁劈起木柴，以便把它们放进火里。他们给了茂那一碗奶和一些面包。茂那靠近铁炉

---

* 圣马丁节，每年 11 月 11 日在欧洲为纪念天主教圣人马丁而举办的宗教传统节日。

** 壁炉里放劈柴的金属架。

篦，吃着。他很高兴在经历了那么多不安后，来到这间简朴的屋子。他想着他的奇异的旅行要结束了。他甚至作了计划，稍后要带上他的同学们，回来看望这些勇敢的人们。可他并不知道来到这里只是歇歇脚，一会儿他又会走上不归路。

不久，他请求他们把他领到去拉莫特的大路上。之后，他慢慢地说了一些实话：他的马车和其他打猎人分开了。现在，他发现自己完全迷了路。

然而，这两个人坚持了好一阵，让他留下来过夜，到天大亮的时候再出发。他最终接受了。这时，他要出门把母马牵进马厩。

“您要提防小道上的坑。”那位男人对他说道。

茂那不敢表露他不是走那条羊肠小道来的。他本想求那位勇敢的人陪他一起去牵马。可他在门口犹豫了一下，这让他打了个踉跄。然后他走进漆黑一片的院子。

第10章
羊　圈

大茂那以为他还能找回不久前走过的路，他爬上了那个曾经跳下来的斜坡，缓慢而艰难地像来时一样，在水和草之间摸索着向前。经过柳树篱笆，他到了草地深处，去找留在那里的马车。马车已经不见了……他呆立在那里，感到一阵晕眩。他辨别着黑夜里所有的声音，感觉总像听到了铃响，马就在附近。但是什么也没有。他绕着草地走了一圈。半扇栅栏门翻倒在地上，像有车轮从上面碾过。母马应该是从这儿独自逃走了。

他重新回到小道上，走了几步，脚被地上的被子绊住了。被子大概是从母马背上滑下来的。他明白了。马是向这个方向逃走了。他开始跑了起来。

他一心只想找到他的马车。这个固执而愚蠢的念头，使他全身的血液涌到了头上。他被一种恐慌折磨着，跑着……不时地，脚陷进车辙里。他在一片漆黑中转弯，一下子滑倒摔了出去，他已经没有力气控制自己，不由自主地撞到篱笆上，猛然感到刺痛，两手赶紧捂住脸。他不时停下，竖起耳朵……然后重新出发。不一会儿，他相信他听到了马车走在路上的声音。但那其实是一辆双轮运货马车，颠簸着从很远的大路上经过，那是在左前方……

有一阵，他被车轮弄伤的膝盖疼痛难忍，他不得不停下来，那条腿变得僵硬。他冷静下来想了想：如果那头母马没有疾驰而去，他早就该找到它了。一辆马车不会就这样消失的，会有人看到它。他转身沿原路折回，带着疲惫、恼怒，步履艰难、勉强地走着。

过了一会儿，他相信又回到了刚离开的那个村舍的附近。不久，他看到了从房子里透出的隐约闪动的亮光。那正是他用心寻找的。

前方树篱间露出了一条幽深的小道。

"这就是老人家说的那条小道。"奥古斯丹想。

走上小道。他很高兴不用再跨过篱笆和跳下斜坡了。片刻后，小道偏到了左边，光线好像在向右滑移，于是，他到了一个交叉路口。他急于回到那所房子，没再多想，顺着那条看来直通那间村舍的小道走去。但是，茂那才走了十来步，光亮不见了。他想：

要不是篱笆遮住了灯光，就是老人家等累了，关上了窗栅板。他壮了壮胆儿，直接穿过田野，朝刚才发出光亮的地方走去。

他穿过一道篱笆，发现自己走在一条陌生的路上……

大茂那的线索一点点地被搞乱了。那些他刚刚离开的村舍的线索都消失了。

他沮丧得几乎没了力气，绝望中决定沿着这条路走到底。走了有百十步，他来到了一大片灰色草甸上。他辨出远处一片阴影，那像是杜松子灌木丛，深处有一幢深色的大房子。茂那走过去一看，那不过是一大片围栏，好像是被遗弃的羊圈。发出呻吟声的门敞开着。大风把云驱散开，月光穿过屋板裂缝。一股强烈的发霉气味扑面而来。

他没再往前寻找，在潮湿的稻草堆上躺下来，解开皮带，头枕在一只胳膊肘上，蜷缩在大衣里，膝盖贴着肚子。这时他想到了从母马背上掉在小道上的被子。他深深感到不幸和懊恼，生起自己的气来。这让他很想大哭一场。

他冷到了骨髓，努力地想着别的事情。他回想起做过的一个梦——准确地说是在他还是小孩子的时候的一个幻梦。他从没向任何人说：一天早上，他不是待在他的挂着短裤和外套的房间里，而是在一间绿色的、贴有树叶图案墙纸的房间里醒来。一片甜蜜的光线流淌在屋里，让人想要品尝。在一扇窗户旁，一位女孩正在做针线活儿。她转过身来，像是在等他醒来……

他已没有力气从床上下来，在这间充满诱惑的屋子里行走。他睡了过去……

但是如果有下一次，他发誓醒来时一定要起来。

明天早上，可能……

第 11 章

神秘的领地 *

天刚蒙蒙亮，茂那就动身了。膝盖红肿起来。一阵阵剧烈疼痛使他不得不停下来，坐一会儿再走。他来到的地方是索洛涅 ** 地区最荒凉的地方。整个早上，他只在远处地平线上看到一个牧羊女赶着羊群。他大声召唤她，向她跑过去，可她悄然消失了。

他朝着牧羊女出现的地方沮丧、缓慢地走着……看不见一个屋顶，没有一个人影，甚至听不到沼泽地芦苇里勺鹬的叫声。在这个他形单影只的地方，12 月的太阳发出清澈而寒冷的光。

---

* 法语 domaine 译作领地。这个词在书中经常出现，有时它具体指一座私人庄园，有时它有更广泛、非物质的领域的含义。作者在书中很多地方把这个词的开头字母 D 大写，使其成为法语中的专有名词，赋予了该词诗意的、精神领地的含义。

** 索洛涅（Sologne）位于卢瓦尔河谷，现在由卢瓦尔-谢尔省、谢尔省和卢瓦雷省三个省份组成，曾经是古法兰西的一个小伯爵国。在法国的版图上，索洛涅处于心脏的位置，法国人喜欢称它为“法兰西的心脏”。

他终于看到一座灰色古堡的角塔尖顶显露在一片松林上方。这时可能已经到下午三点了。

“一座古老的、被遗弃的小城堡，”他想，“一层无人居住的老阁楼！……”

茂那稳住脚步，继续向松林走去。在树林的一个角落两个白柱子之间的林荫下，出现了一条小路。茂那走了进去。没几步，他停下了，满怀惊奇。一种说不出的情绪涌上心头。他不再感觉累。冷风不时呛得他窒息。嘴唇像是被吹裂了。不过，几乎是一种令人陶醉的、完美的宁静使他从心底升起一种满足感。这让他想起以往夏季里一些大节前夕的日子。夜幕降临，人们在镇子的大街上种的冷杉，当卧室的窗户被它繁茂的树枝遮蔽起来的时候，他总是欣喜若狂。

他确信这正是他要去的地方。现在只是期待着幸福来临。

“这么多快乐的事，”他想，“因为我到了老阁楼上，到处是猫头鹰，穿堂风不停地吹！……”

他停了下来，对自己的幻觉很生气。他有点儿想要转身往回走，去找附近的村子。当他低头琢磨该怎么办的时候，忽然发现小路清扫过。大扫帚划出匀称的弧线，就像家乡人在节日里做的那样。在这条小路上，他有在拉松普雄节*早上走在拉费尔泰大道上的感觉！……在小路转弯的地方，他看到一群像是庆祝节日的人踏起一片微尘。仿佛在6月。他没感到太大的怪异。

"难道这个偏僻的地方正在过节？"他在想。

往前走直到第一个转弯处，他听到了渐渐清楚起来的说话声。他闪身躲进一旁的冷杉丛后，蹲下来，屏住呼吸，听着。这是从这里经过的孩子们的声音。在他们中间有一位女孩的说话声，听上去文静、利落，沉着得像个小大人。尽管茂那没怎么听懂她的话，他还是暗自忍不住笑了。

"只有一件事让我很担心，"她说，"就是那些马儿的事儿。我们永远无法阻止达尼埃尔骑到那匹黄色的矮马上。"

"当然你们不能阻止我！"一位男孩用不屑的语调回答道。

"他们已经给了我们全权委托，不是吗？甚至那些会伤到我们的事儿——如果我们想那样玩儿……"

这群孩子的声音渐渐远去了。这时另一群孩子走了过来。

"如果河上的冰化了，"一位小姑娘说，"明天早上，我们去乘船。"

---

* 圣母升天日或圣母安息日（L'Assomption）音译，欧洲天主教、东正教的传统节日之一。

“但是他们准许我们了吗？”另一位说。

“你们当然知道我们用的是我们的办法。”

“那么如果弗朗兹今晚带他未婚妻回来呢？”

“那好啊！如果这样，他会同意我们要做的事！”

“他们可能是赶一场婚礼，”奥古斯丹想，“这里是孩子们制定规矩……奇怪的领地！”

他想从隐藏的地方走出来，问问他们哪里可以喝点水、吃点东西。他站了起来，看着最后一群人从身边过去，渐渐走远。这是三位小姑娘，穿着垂到膝盖的连衣裙，戴着有丝带的漂亮的帽子，一片白色羽毛坠在脖子上。她们中的一位半转身，微微弯腰听着。走在她后面的同伴解释着什么，手在空中比画着。

“我只会把她们吓着，”茂那一边想，一边打量自己身上撕破了的农夫那样的上衣和圣阿加特的初中生扎的奇怪的皮带。

茂那担心孩子们回来时经过这条小路会遇到他。他穿过冷杉林，取近道朝那边阁楼下走去。他并不清楚到那里他会遇到什么。走不远，他被一堵长满青苔的矮墙挡在了树林边。墙里，一处领地配房之前，是一片狭长的停满了马车的场院，像是在集市日子里小旅馆前的场地。这里林林总总停放着各式各样的马车：精致、小巧、有四个座席，车辕悬空的；有两排长凳可坐多人的；老式的，只有一前一后两个座位，车篷上有放行李雕花支架的；还有拆去了窗户、四轮旧轿式的……

茂那藏在冷杉林后面，担心人们看到他。他观察着这块有些杂沓的地方，看到场院的另一侧，那辆高大的有两排长凳的轻便马车。马车上方，配房的一扇窗户半开着。锁窗户的两条铁栓，很像他在领地后面看到的马厩窗栅板上的铁栓。由于弃置的时间久远，铁栓锈蚀得变细，已经不起作用了。

“我要进去，”茂那想，“我要睡在干草上，一大早就走，不要吓到那些漂亮的小姑娘们。”

因为伤了膝盖，他很困难地翻过墙，穿过停放在那里的车辆。从一辆轿式马车的车顶，他一跃，登上那辆马车的长凳。从那里攀到那扇半开的窗户前。像推一扇没锁的门那样没有一点声响，他推开了窗。

茂那立即发现，他不是跳进了放干草的仓房，而是进了一间有着低低的天花板的大房子。这应该是一间睡房。在冬天夜晚的幽暗中，他辨别出桌子，壁炉，放满大花瓶、古代兵器和别的贵重东西的扶手椅。在房间的紧里头，天花板下低垂着一重帘幕，帘幕后面是一间卧房。

因为太冷又怕被外面的人看到，茂那关上窗。他走近帘幕，拉开发现有一张低矮的大床。上面堆着一些有金口的旧书、一些断了琴弦的鲁特琴和杂乱地扔在那里的多枝形烛台。他把所有的东西堆到卧室的一角。他在床上躺下来，回想着他正投入的历险。

领地沉浸在一片深沉的寂静中。只有不时听到的12月的大风呻吟着。

茂那躺在那儿，想着这些奇遇——小路上孩子们的声音，拥挤的马车……他开始自问，事情是不是像他先前想的那么简单：在冬季的寂寥中一座被遗弃的、古老的大房子。

不久，像是风送来了遥远的钢琴曲声，让他记起一件充满魔力和伤感的往事。那时母亲还年轻，那天下午她坐在客厅的钢琴前演奏。他一声不响，站在临花园的房门后，聆听着直到夜晚……

"谁在哪里弹钢琴？"他想。

他感到筋疲力尽，放下了这个没有答案的问题，很快就睡着了……

第 12 章

威灵顿*睡房

夜里他醒了。他冷得发抖，在床上辗转反侧，黑罩衣在身子下打了卷。一道海蓝色的微光透过帘幕照进隔间。

他在床上坐了起来，把头探出帘幕。有人打开了窗户，在窗洞里侧**挂了两盏绿色的威尼斯纸灯笼。

茂那仅看了一眼，就听到楼梯平台上闷闷的脚步声和低声对话。他猛地把头缩回来。身子撞到了墙，带钉子的鞋碰到铜器上发出响声。他顿时紧张起来，屏住呼吸。脚步声近了，两个人影溜进房间。

“别出动静。”其中一个人说。

“啊！”另一个人回答道，“这应该是他睡醒的时候了！”

---

* 阿瑟·韦尔斯利（Arthur Wellesley，1769—1852），威灵顿公爵，英国军事家、政治家，因在滑铁卢战役中击败拿破仑而出名。

** 窗之里侧，四周内宽外窄，古老石堡中常见。

“你给他布置房间了吗？”

“当然，像其他人一样。”

风拍打着敞开的窗户。

“瞧，”第一个人说，“你甚至都没关好窗户。风已经把一盏灯吹灭了，应该重新点一下。”

“可是……”另一个人用懒洋洋、很沮丧的声音回答道，“朝原野那边的灯笼有什么用？那边无人居住。没有人看它们。”

“没有人？——还会有人在深夜时到这里的。那边，朝大路那边，他们在马车里会很高兴看到我们这儿的亮光！”

茂那听到擦火柴的声音。讲这话的人似乎是领头人。他用单调而缓慢，像《哈姆雷特》里掘墓人那样的声音说着。

“我看到你把那些绿灯放在了威灵顿房间。说到为什么不放红的*……你知道的不比我多！”

一片寂静。

“这位威灵顿——一位美国人**，不是吗？那么绿色，这是美国的颜色吧？你是有旅行经验的喜剧演员，应该知道这个。”

---

* 红灯笼是妓院的标志。

** 威灵顿并非美国人，而是英国人。

“哎呀呀！”这位喜剧演员回答道，“旅行？是，我旅行过！可我什么也没看到！在一辆大篷车里你想要看到什么？”

茂那小心翼翼地从帘幕的缝隙向外看着。

指挥干活的是一位胖胖的光头男人，穿着一件硕大的外套。他两腿交叉站在那里，手里举着一根长杆，上面挂着一些不同颜色的灯笼。他沉着地看着同伴工作。

那位演员高高的、瘦瘦的、颤巍巍的，显得很单薄。他有着海蓝色浑浊的眼睛。胡子垂在掉光了牙齿的嘴上，这让人联想到一个溺水者的脸在一块石板上淌着水。他只穿着衬衫，牙咯咯作响，言语和举止显出一种对自己的鄙视。

经过片刻又苦涩、又可笑的思量，他凑近他的同伴，张开双臂，向他吐露道：

“你想听我说吗？……我无法理解，为什么他们聚拢了像我们一样的人渣，弄这场千篇一律的聚会。这没什么意思，老兄！……”

但那位两腿交叉、打着呵欠的胖男人并没留意这位演员的激动，继续看着他干活，静静地观察着。然后，他把撑杆放在肩膀上，一边转身离去一边说：

“走，上路！现在是为晚宴打扮的时候了。”

那位喜剧演员跟在他后面。经过帘幕前时，他行了一个屈膝礼，带着平淡、嘲弄的口吻说：

“这位睡着的先生！我要提醒您，是起床的时候了。您要打扮成侯爵的样子，即使您是一个可怜得像我一样的人。然后您下楼到化装舞会上来。这正是让那些小绅士和小淑女开心的事。”

他又行了一个屈膝礼，用一种卖艺人的声调加了一句：

“被厨房雇佣的我们的同事马洛犹，一会儿将出现在丑角中。那位不朽的皮埃罗*将由鄙人扮演。”

---

* 皮埃罗是18世纪风行欧洲的意大利即兴喜剧中最具代表性的人物。另有意大利画家华托的名画《皮埃罗》。画中的皮埃罗手臂自然垂摆，过短的裤子和过长的衣袖都突出了人物的笨手笨脚。皮埃罗身上散发出一种神秘气息：一方面这是个精致漂亮的人物，鲜亮的白色衣装反射出银色的光泽；另一方面，这又是个远离他人的孤独丑角，反映出人的脆弱一面。

第13章

奇异的派对

他们走后，茂那离开了藏身之处。脚冻麻了。全身关节变得僵硬。但他得到了休息，膝盖似乎痊愈了。

“吃饭去！”他想，“不能错过饭局。我是一个大家忘记了名字的、受邀请的客人。我不是一个擅自闯入者。不用说，马洛犹先生和他的同事在等我……”

走出帘幕后的黑暗，被绿灯笼照亮的睡房清楚地呈现在眼前。

那位波希米亚人*确实布置过这间睡房。几件大衣挂在衣帽架上。梳妆台厚重的大理石台面已经破裂。台面上摆着能把前天晚上还睡在废弃的羊圈里的小子变成优雅的贵族男孩所需的东西。壁炉台上有一支大火把和一些火柴。人们忘了给镶木地板打蜡。鞋子踩在沙子和砾石上。他又一次感到自己置身在一所遗弃了很

---

* 波希米亚人作为一个名词出现于19世纪初期的法国。这个名词常用来称呼那些四处漂泊，以非传统方式生活的艺术家和作家。

久的房子里……

他朝壁炉走去，差一点撞上堆了一地的大箱子、小盒子。他点燃蜡烛，掀开几只箱子，弯下身子，查看起来。

这是些很久以前的年轻人的服饰：有着天鹅绒高领的贵族紧身长外套，制作精细的低胸背心，白色的、长长的领带和世纪初流行的漆皮鞋。他不敢用手指尖碰一下。他发着抖，梳洗了一番。然后他把一件披风披在他的学生制服外面，拉了拉披风的百褶大领，换上一双钉了铁月牙的精致的轻便漆皮鞋。光着头，他准备下楼去。

他走下木楼梯没有碰到一个人。天还没亮。他走到昏暗的场院一角。夜的冰冷气息扑面而来，他紧了紧披风。

借着朦胧的月光，他走了几步。他很快辨出了这个地方的轮廓。小场院被一些配房围绕着。所有的东西看起来都很旧，像是被废弃的样子。房门都被拆去很久了，楼梯显露在外面。一堵堵墙上的窗口没有了窗扇，看上去像一个个黑洞。不过，所有的房子都散发着一种神秘的节日气息。五颜六色的光从底层的房间里射出。他们想必也点亮了这些房间朝原野的灯笼。场院被清扫过。人们拔掉了蔓延的荒草。茂那确信听到了歌声。像是一些小孩子和年轻姑娘的声音从隐约可见的房舍里传出。在那些焕发着玫瑰色、绿色和蓝色光彩的窗洞前，风摇曳着树枝。

他站在那儿，裹在大衣里，像一位猎人。他半弯着腰，竖着耳朵听着。一位打扮成年轻绅士的男孩从隔壁的房子走出。他相信那也是所荒废的房子。

男孩戴着一顶圆筒状、弧形边缘、又瘦又高的丝帽。银色的帽子在夜色中闪闪发光。他大约十五岁。大衣领子插在头发里。一件低胸背心，一条长裤，裤脚有松紧带连着鞋子，显得很文雅。他踮起脚尖走路，好像裤脚的松紧带给了他弹力，走得奇快。经过茂那时他并没停下，只是深深地、礼节性地鞠了一躬，然后消失在夜色中。他朝主楼走去。那可能是一座农场建筑，一座城堡，也可能是修道院。那座房子的角塔昨天给茂那引过路。

犹豫片刻后，我们的英雄就紧紧地跟上了这位神秘的男孩。他们穿过一片一半是花园，一半是庭院的大空场，沿着一条与灌木丛相连的小路，绕过围着树篱笆的鱼塘，又经过一口井，最后来到那座中心建筑的门前。

一扇沉重的、半掩着的拱形木门，上面有门钉装饰，像是牧师的家。那位文雅的男孩跑了进去。茂那跟在他后面。他一踏进门厅就立即被笑声、歌声和追逐的呼喊声包围了起来，然而，在门厅过道里他没看到一个人。

过道的紧里头与一条走廊纵横交错。茂那身后是一扇扇有说笑声传出的房门。是去探查那条走廊，还是推开一扇身后的房门？茂那犹豫着。他看到过道尽头两个沿着走廊互相追逐的女孩。为了赶上去看看清楚，他踮起穿着薄底鞋的脚，悄悄跑了起来。这时，一阵开门的嘈杂声响起，他看到两个大帽子挂在脑后，十五岁大小的孩子的脸，在凉爽的夜晚，因为奔跑和追逐，泛着红润。

只见一阵耀眼的光线，一切又消失了。

一秒钟过后，女孩子们竖起脚趾旋转着跳起芭蕾。宽大、轻盈的裙摆抡圆飘动起来。他看见了她们长长的、有点诡谲但十分耐看的裤子花边。

紧接着，表演戛然而止，她们一跃进入房间，关上了门。

茂那一时眼花缭乱，在黑黑的门厅过道里蹒跚向前。他担心他这个不速之客会让别人感到意外。他的脚步变得迟疑而笨拙。这个样子会被当成小偷抓起来。他毫不犹豫地转身朝大门走去。

这时，他又听到过道里头传来脚步的嘈杂声和孩子们的说话声。两个男孩一边讲话一边走来。

“是不是到吃晚饭的时间了？”茂那泰然自若地问他们。

“跟我们来吧，”个头高一些的男孩说，“我们给你引路。”

在盛大节日来临的前夜，带着孩子们特有的信赖和对友谊的渴望，他们拉起茂那的双手。

看上去是两位乡下小孩。大人们给他们穿上最漂亮的衣服。他们短裤裤脚齐到小腿肚，亮着厚羊毛袜和木底鞋，男士的蓝色天鹅绒长外衣紧身齐膝，打着白色的领带结，戴着和长外衣一样颜色的鸭舌帽。

“你认识她吗？”一位孩子问。

“不认识，”另一位小个儿、有圆圆脑袋和一双天真眼睛的孩子回答道，“妈妈对我说，她穿着有细布绉领的黑色连衣裙，看上去像一只漂亮的小麻雀。”

“她是谁？”茂那问。

“啊！当然是弗朗兹的未婚妻。他去接她了……”

茂那正要问更多的事，这时三个人来到了一间天花板低低的大厅门口。大厅里，壁炉燃烧着熊熊的火焰。几张木板被当作台面放在几个支架上。木板面铺上了洁白的桌布。不同打扮的人围坐在那里用晚餐。

第 14 章

奇异的派对（续篇）

这是乡间的晚宴。在婚礼前夜，人们通常要为远道而来的亲友们举办丰盛的晚宴。

那两个男孩松开茂那的手跑进了邻近的一间房间。房间里传出稚气的说话声和餐具碰撞盘子的嘈杂声。茂那显得镇定自若，大胆地迈过一条长凳坐到了两位老农妇身旁，立即狼吞虎咽地吃了起来。片刻之后，为了看看那些宾客，听听他们在说些什么，他抬起头。

大家话很少。看上去好像互不相识。一些人可能从偏远的乡村赶来；另一些可能从遥远的城里过来。

几位两颊留着胡子的老人和剃光了颊髯，像是做过海员的老人散坐在长条桌旁。坐在一起的另外几位老汉有和他们同样黝黑的皮肤，浓密的眉毛下同样闪闪发亮的眼睛，同样系着像鞋带一样窄窄的领带……只是，不难看出他们从来没有到过更远的地方，最多只是走到县城边。如果说他们没有上千次在海上颠簸和在狂风暴雨中旅行的经历，那么他们的旅行是经年累月在庄稼地里。他们日复一日往返在一条条田垄上，从一头犁向另一头。这虽然没有惊险却要付出千辛万苦。

晚宴桌上没有多少女人，只有几位老农妇。她们戴着打褶的无边软帽，脸像干瘪的苹果。

宴会上没有一位客人让茂那感到不舒服、不值得信任。宴会后，他在心底用几句话解释了这种感觉：“当你犯下不可饶恕的大错，有时你会在极度痛苦中得到安慰。在某个地方，有人会原谅你。会有一些老年人——那些宽容为怀的祖父一辈的人，无条件地相信：你做的一切是对的。”毫无疑问，大厅里的这些客人——一些有阅历的老人和少不更事的少年和孩童，就是这样善良的人。

茂那旁边，两位年老的妇人正在闲聊。

“为了把婚礼办得更好，他们真是倾其所有了。”那位年长的用尖声尖气、听上去滑稽的声音说着，尽管她想让声音变得柔和些，“定亲的小两口儿明天下午三点前不会到这儿。”

“你怎么说话呢！如果你还这么说我会生气的。”另一位戴着一顶大檐针织软帽的，用平静的声音回答道。

“算算吧！”前一位像是无动于衷，又说道，“乘火车从布尔日到维耶棕要一个半小时，然后从维耶棕到这里，乘马车要走七古里……”

她们的争论继续着，茂那不漏一字地听着。多亏这次平和的吵嘴架，情况变得明朗了一些：弗朗兹·德·卡莱，这座城堡主人的儿子——像是位学生或水手，可能是海军院校的学生，不是很清楚——去了布尔日，接一位姑娘。他要和她结婚。事情看起来似乎很奇特。这个领地里的男孩一定是年轻、任性和异想天开的。他随着自己的想法安排所有的事。他想让这座房子在他未婚妻到来的时候，像一座节日里的宫殿。为了欢迎这位姑娘，他邀请了一些孩子和温和的老人。

茂那在两位老妇人拌嘴中听出了事情的大概。至于细节，她们没有提到，对茂那还是谜团。之后，两人无休止地在新娘新郎什么时候会来的话题上争辩起来。一位老妇断言他们会明天早上到，另一位坚持那要到下午。

“我可怜的小马奈罗，你总是不太理智。”那位年轻一些的平静地说。

“那么你，我可怜的阿黛拉，总是这么固执。没见你有四年了，你还是那样。”另一位耸耸肩回答道，声音也很平和。

然后她们继续平静地表达各自的观点，没有火气。

由于渴望知道得更多，茂那还是插了进来：

“她非常漂亮，像人们说的那样吗？那位弗朗兹的未婚妻？”

她们看着他，直发愣，不知怎么回答。因为除了弗朗兹任何人也没见过那位姑娘。那还是一天晚上弗朗兹独自从土伦回家，他到了被人叫做“沼泽地”的布尔日，在一座花园里遇到了悲伤的她。她非常漂亮，被做织布工的父亲赶出了家。弗朗兹立即决定娶她为妻。事情发生得离奇而突然。至今，弗朗兹的父亲和妹妹对此还没有完全同意……

茂那正想套出更多的事，这时门口出现了一对少男少女。一个十五六岁的姑娘，穿着天鹅绒短上衣，大裙摆飘动着。一个少年穿着高领礼服和紧腿裤。他们跳着双人舞穿过大厅。一些人跟上他们，也跳了起来。紧接着又一群人跑了过来，呼喊着，他们被脸色苍白、表情忧郁的大个子皮埃罗追逐着。皮埃罗穿着长袖外衣，戴着黑色无檐软帽，咧着没牙的嘴笑着。他挥舞着长长的袖筒，笨拙地跨着大步急走过来，每走一步都不得不蹿一下。小伙子们上前拉住他的手，姑娘们躲闪着。他似乎让那些孩子们兴奋万分，尖叫着在他后面追赶。在经过茂那时，皮埃罗用呆滞的眼神看着他。茂那认出了他。他剃光了胡子。他是那位马洛犹先生的伙伴，那位挂灯笼的波希米亚人。

晚宴结束了。所有人都站了起来，一组一组地结伴在走廊里跳起圆舞和法兰多拉舞*。从哪里传来了小步舞曲……茂那迷失了自己。他半个脸遮在像十六七世纪流行的那种又宽又硬的披风皱领里。渐渐地他玩疯了，追着皮埃罗穿过走廊，像是到了剧场的后台。表演从舞台延伸到这里。他感到自己加入了穿着怪诞服饰的欢乐的人群中，玩了个通宵。有时，他打开一扇门，发现那里正在放映幻灯片。孩子们使劲鼓着掌……有时，他走进一个举办舞会的沙龙，躲在角落里偷觑。他和几位年轻时髦的男孩聊上了天，忙着打听接下来几天要穿什么衣服……

渐渐地，这一切快乐让他有些不安。他时时担心自己的披风敞开，人们会看到里面的学生服。他甚至去最昏暗、最安静的地方躲一会儿。在那儿他只能听到钢琴低沉的鸣响。

---

* 法国南部普罗旺斯地区的一种民间舞蹈。

他走进一间安静的房间。这是间餐厅。一只悬挂在屋顶的灯笼把它照得通亮。孩子们正在这儿聚会。

一些孩子坐在软墩上，翻阅着膝盖上敞开的画册；一些孩子不苟言笑地蹲在凳子前。他们正在凳子上摆放画片，做一场画片展览；燃着的壁炉旁，一些孩子什么也不说，什么也不做。他们正心满意足地在这间大房子里听着从远处传来的派对的喧闹声。

餐厅的一扇门大敞着。隔壁房间有人在弹钢琴。茂那好奇地走进去想看看究竟。这是一间小会客厅。一位少妇或是姑娘肩上披着一件棕色大披风。她背朝外坐在琴前，非常舒缓地演奏着轮舞曲和小调。她旁边，在没有靠背和扶手的长沙发上，六七个孩子异常安静地、乖乖地坐在那儿听着。也许夜深时孩子们就会这样。只是时不时，他们中的一个用手支撑沙发座，轻轻地滑到地板上，走去餐厅。这时餐厅里看图画的一个孩子走进来，坐到空出的沙发上……

这时的茂那，在那场迷人的、兴奋和疯狂的派对之后，在那场他身不由己地、狂热地追着皮埃罗的派对之后，感到自己还沉浸在快乐中，在这个世界上最安静的地方。

在女孩演奏时，他悄悄回到餐厅。一些红色大书散放在一张桌子上。他坐下来，打开其中一本，漫不经心地读着。

立刻，一个席地而坐的小孩靠过来。为和茂那一起看书，小孩勾着他的胳膊，爬到他的膝盖上。另一个小孩爬到他的另一条腿上。

茂那仿佛回到了往日梦中。他久久地沉醉在幻想里。在一个美妙的晚上，在自己的房子里，他结婚了。在旁边房间弹钢琴的姑娘，那位不相识的、迷人的姑娘，正是他的妻子……

第15章

相　遇

第二天早上，茂那早早就为参加婚礼穿戴好了，他是最先几个准备停当的人之一。像大家建议的那样，他穿了身样式简洁、又有些过时的黑色套装，一件肩袖鼓起的紧身燕尾服，一件双排扣背心，一顶大礼帽。宽裤脚半遮着那双精致的皮鞋。

下楼时，庭院里还很冷清。他走了几步。隆冬时节，阳光明媚，像是4月初温暖的早晨。霜融化了，湿润了草地。阳光下的草地闪闪发光，像是有露水在上面。树梢上鸟儿在歌唱。和煦的微风时而拂过他的面颊。

作为客人的他好像比主人醒得早。他来到庭院，期盼着身后会有一个真挚、快乐的声音：

“你睡醒了，奥古斯丹？”……

穿过庭院和花园，好一会儿他一个人散步。那边，主楼的窗户和角塔一片寂静。两扇拱形木门打开了。仿佛在夏季，清晨的一抹阳光照在最上面的窗户上。

茂那第一次在白天看清这个庭院的里外。一面残缺的墙分开了庭院和破败的花园。看样子没多久前，有人把沙子铺在庭院地上，草用耙子耙过了。他入住的一片配房的一侧里头是马厩。这里看上去荒芜而杂乱。隐蔽的角落里到处是疯长的灌木和爬山虎。冷杉林围起这片领地，把它和低洼的乡村隔了开来。朝向东面的一侧，可以看到远处蓝色山丘的岩石和冷杉。

茂那漫步于花园，来到了鱼塘旁。他从围着鱼塘的东倒西歪的木栅栏往里看。鱼塘边缘还留着一些薄冰，波纹似的皱褶像是浪花。他打量着自己映在水中的身影。他穿着学生套服，像是悬挂在天上，看上去很浪漫。他相信看到的是另一个茂那——不是那个驾着乡下马车开溜的学生，而是一个充满魅力的，从一本书里走出的传奇人物。这种书通常是学期末学校赠送给优秀学生的，有插图的少年读物……

他感到饿了，加快脚步朝主楼走去。在昨夜举行晚宴的大厅里，一位农妇在餐桌上放好了餐具。他坐了下来。农妇立刻在他面前的一只碗里倒满了咖啡：

“您是第一位过来吃饭的，先生。”

他不想多说话，担心突然有人认出他是位不速之客。他只询问了那艘为早晨游玩准备的船什么时候出发。

“半小时后吧，先生，还没有人下来呢。”她说。

吃完饭他走了出去，在主楼大房子周围寻找码头。横跨的房子有通常城堡的比例，它的两翼大小不等，看起来像教堂。他绕过房子的南翼，眼前一下子开阔起来，满眼芦苇丛生。池塘的水浸湿了这一侧的墙角，好几个门前的小木阳台悬垂在拍打的波浪上。

池塘边的沙地上，有一条小道像是牵引船只的，他漫无目的地闲逛着，走走停停，好奇地透过那些门上满是灰尘的窗玻璃向里看。那是一些废弃的、破败不堪的屋子。有的屋子，看上去是储物间，塞满了独轮车、生锈的工具和破花盆。这时，他突然听到从这些配房的另一边传来踩在沙子上沙沙作响的脚步声。

这是两个女人——一个驼背老婆婆和一个美丽苗条的金发女孩。昨夜他见识了那么多奇特的服饰，而女孩身上的这件不引人注意的服饰却很迷人。在茂那眼里，她显得那样与众不同。

她们停了下来看了看周围景致。茂那作了一个仓促的、后来在他看来很离谱的判断，他心想：

“这大概就是我们所说的超凡脱俗的女孩。可能是一位女演员，大家为这次节日召来的。”

两个女人从茂那身旁经过。他站着动也不动地瞄着那位姑娘。这儿之后，睡觉前，他常会想起那张模糊的、美丽的面孔。梦里，他看到一排排和她长得很像的年轻女子经过。一位戴着和她一样的帽子，一位稍稍欠身，一位目光如她一样纯净，一位有着她一样的苗条身材，而另一位有着和她一样的蓝眼睛。但是她们都不是这位优雅、高贵的女孩。

茂那有充分的时间观察到，在她厚厚的金发下，有一副小巧、精致的相貌，显得有些忧伤。女孩走过茂那。他注意到她的服饰是那样简洁而质朴。

他有些不知所措，琢磨着是否跟上她们。这时那位姑娘不被察觉地朝他的方向转过身，跟那位老太太说：

“我想船不会延迟吧？……”

茂那跟上了她们。

老太太颤抖着，显得有些虚弱。可是她不停地絮叨，爽朗地笑着。那位姑娘温柔地对答着。当下坡走向码头时，她转身面向茂那，带着同样温柔的表情，纯洁、认真的眼神似乎在问：

"您是谁？您在这做什么？我不认识您，不过好像似曾相识。"

客人们分散在树林中，等待游船。三艘游船靠了岸让客人们上船。当两位看似城堡女主人的老婆婆和她美丽的女儿通过时，年轻的小伙子们一个接一个地向她们脱帽致敬，姑娘们也向她们鞠躬。奇怪的早晨！奇特的户外派对！毕竟是冬日，天气很冷，即使在明媚的阳光下。女人们脖子上缠着蛇形羽毛围巾，在当时可是时髦打扮……

不知为什么，那位老太太留在了岸边。茂那发现自己和那位年轻姑娘在一条游船上。他靠在甲板上，一只手抓着被大风吹动的帽子。这样他就能很方便地看到坐在角落处的那位姑娘。她也看着他。她笑着答复着她的同伴，然后把她的蓝眼睛温柔地转向他，轻轻地咬着嘴唇。

两人之间的沉默随着他们经过的河岸延伸着。带着机器发出的沉闷的响声，船在水里疾行。大家不禁遐想，这是在炎炎的夏日。他们要上岸，到一座乡下别墅的漂亮花园里。在一把白色的女士小阳伞下，那位姑娘在花园里散步。那里一直到晚上人们都听得到斑鸠在咕咕叫……但突起的一阵冰冷的狂风让这个奇特节日里的客人们回到了 12 月。

在一片冷杉林前，船靠了岸。码头上，乘客相互拥挤着，等待船夫打开栅栏上的锁……茂那之后想起那一刻曾是多么让人激动。在池塘边，那张美丽的、不久就在他眼前消失的脸和他的脸挨得那么近！他全神贯注地注视着她清纯的侧脸，直到眼里噙满泪水。他还记得她的脸颊上有一点粉痕，像是吐露给他的一个温情的秘密。

一切都像在梦中。孩子们高兴地跑着，呼喊着。一帮一伙的人群分散地穿过树林。茂那在小路上往前走着。那位姑娘走在他前面十步远的地方。当他发觉离她很近时，他不加思考地，率直地说：

“您很漂亮。”

她加快了步子，没有回答，取了一条岔路走了。

年轻的人们跑着，逍遥自在地穿过林荫大道。每个人都随心所欲地游逛着。此时的茂那却在严厉地自责愚蠢、粗鲁的举止。他漫无目的地胡乱走着。他深信不会再看到那位优雅的女孩了。

正在这时，她忽然走了回来，在这条窄窄的小路上，不得不和茂那擦身而过。她用两只没戴手套的手拉了拉有褶皱的长披风。

她穿着一双敞口黑皮鞋。她的脚踝纤瘦，以至于瞬间弯曲时，让人害怕它们折断。

年轻人向她致歉并低声地说：

“您愿意原谅我吗？”

“我原谅您了，”她认真地说，“我要去和孩子们会合，他们是今天的主人。再见。”

奥古斯丹哀求她再留片刻。他笨拙地和她说着，语气那样嗫嚅，那样含糊。她放慢了脚步听他说。

“我甚至不知道您是谁。”最后她说。

她每一个字的发音都用同样不变的严肃的声调，同样的节拍。但最后一个词总是说得温柔些……然后她的表情恢复到平静，轻轻咬着嘴唇，蓝色的眼睛看向远方。

“我也不知道您的名字。”茂那回答道。

他们沿着一条通往野外的小路走着。不远处，客人们聚集在一所孤零零的乡下房子周围。

“瞧，那是弗朗兹的房子，”那位姑娘说，“我必须离开您了……”

她犹豫着，看了他片刻，笑着说：

“我的名字？……我是伊冯娜·德·卡莱小姐……”

然后她走了。

弗朗兹的房子里无人居住。茂那发现从屋顶到地下室挤满了客人。他没有机会好好看一看这所房子。他们匆匆吃了船上带来的冷餐。这不是吃冷餐的季节，可能是孩子们想出的主意。这时是回去的时候了。茂那看到德·卡莱小姐走了出来。他走近她，拾起刚才没完的对话，说：

“我送您的名字是一个更美丽的名字。”他说。

“是吗？哪一个名字？”她问，一直很严肃。

他害怕又说出蠢话，没有回答。

“我的名字是奥古斯丹·茂那，”他继续说，“我是学生。”

“哦！您是学生？”她说。就这样他们慢悠悠地聊了一会儿，很开心，很友好。不久姑娘的态度改变了，少了几分高傲和严肃。她显得有些担忧起来，仿佛在担心茂那要表达什么，害怕他说下去。她在他旁边发着抖，像是一只燕子一下子摔到了地上，颤抖着想要恢复飞行。

茂那说，他计划着未来的一天他会回到这个美丽的地方。她轻声说：

“有什么用？有什么用呢？”

他终于大胆请求她允许：他可以回来找她。

“我等着您。”她简单地答应道。

他们到了码头附近。她突然停下来，若有所思地说：

“我们还是两个孩子，不要做蠢事了。我们不应该上同一条船。再见，别跟着我！”

茂那怔在那儿停了片刻，看着她离去。那位向远处走去的姑娘就要消失在人群中，她突然停住脚步，转身面向他，第一次长时间地看着他。

这是最后向他告别？她还有话要对他讲？……

他们回到了那个领地。在农场后面的大草坪斜坡上，赛马开始了。这是婚礼派对的最后一个节目。大家预计，新娘新郎会准时到达，观看赛马比赛，并由新郎弗朗兹亲自主持。

然而赛马不得不在没有他们的情况下开始了。男孩子们穿着骑师的服装。女孩子们穿着年轻贵族的骑士侍从服装。他们牵来了几匹有饰带的矫健的小马驹和温顺的老马。在孩子们的呼喊和笑声中，在下赌注的喊声和长长鸣响的钟声中，一个被剪裁过的小型赛马场转到了这片绿色的草坪上。

茂那认出了达尼埃尔和那几位帽子上插着一片白色羽毛的小女孩，昨夜在小路旁的树林里，他曾听到他们的对话……他急于在人群中找到那顶优雅的、有玫瑰花做点缀的帽子和棕色大披风，无心再看剩下的比赛。但是德·卡莱小姐没再出现。比赛在一阵钟响和欢呼声中宣布结束。他还在找她。一位骑着白色老母马的小女孩赢得了冠军。她得意洋洋地骑过，帽子上的翎羽在风中飘动着。

游戏曲终人散。突然，一切都像停止了。弗朗兹没有回来。人们犹豫起来，尴尬地商量着，最后，三三两两地回到大房子里，在焦虑和沉静中等待那对未婚夫妇的归来。

第16章

弗朗兹·德·卡莱

赛马看来是草草结束了。才下午四点半，天还亮。茂那回到昨晚入住的房间，满脑袋装着这个非凡的一天里发生的事。他无所事事地坐在桌子前，等着晚餐和接下来的节目。

昨晚那股大风又吹了起来。他听到仿佛是一股激流或是瀑布发出的隆隆的呼啸声。一阵阵大风窜进屋子，敲打着壁炉的铁皮挡板。

美丽的一天就要过去了。茂那感到有点不安。他突然想要生火取暖。但眼前的壁炉，挡板锈死在上面。他想把它打开，但白费力气，最后只有放弃。他开始收拾房间，把漂亮的衣服挂在衣帽架上，把屋子里凌乱放置的椅子靠墙摆好，就好像要在这儿长住下去。

他想应该保持随时动身的状态。他在椅背上整齐地叠好他的学生服，这像是他的旅行服。他把钉着铁掌、沾满泥土的鞋放在椅子下。

然后，他坐下来，环视周围。屋子整齐一新，显得更加安静。

一滴滴雨不时地在那扇朝停车场和冷杉林的窗玻璃上画出一道道水痕。大男孩放松下来。在这里，在这个陌生的地方，在他自己选择的房间里，他是一个神秘的外乡人。他所得到的已经超出他的期望。他此刻正沉浸在喜悦和幸福之中，眼前浮现出那位姑娘的脸。风中，她向他转过脸……

他一时进入了亦梦亦幻的情景。夜幕降临。他忘了点蜡烛。屋子里面还有一个套间。一阵风中，半开的门拍打着门框。它的窗户也对着停车场。

茂那起身过去关那扇门。里面有微弱的光亮。桌子上摆着燃烧的蜡烛，烛光一闪一闪。他把头探进半开的门。

里面有人。他可能是从敞开的窗子跳进来的。昏暗的烛光下，茂那辨出这是一位年轻男子。他光着头，披着一件旅行披肩，不停地、没有声响地来回走着。他看上去像是被难以忍受的痛苦搅得心烦意乱。风吹进窗子，掀动着他的披肩。每次经过桌边，烛光就会让他身上精贵的燕尾服金纽扣闪闪发光。

他从牙缝间吹着口哨。吹的是海滨流行的曲调。在港口小酒馆里，水手遇到女孩们，会欢呼雀跃起来唱起的这种小调。

在不安的踱步中，他突然停了下来。他朝桌子那里俯下身，在一只盒子里找出几张纸……烛光下，茂那清楚地从侧面看到他浓密的偏分头发，鹰钩鼻子和光洁、俊美的脸庞。他收住了口哨，脸色苍白，嘴半张着，气喘吁吁，仿佛当胸被猛烈一击。

茂那犹豫地站在那儿，不知是悄悄退出，还是像朋友那样，把手轻轻放在他肩上和他交谈。这时年轻人抬起了头，端详了茂那一会儿，没有任何惊讶的表情。他靠了过来，稳住声音说：

“先生，我不认识您。但我很高兴见到您。既然您在这儿，那么我要向您解释……”

他看上去伤心欲绝，一手抓住茂那的领子，说“看哪！”然后他把头转向敞开的窗子，顿了一下，盯着外面，眼睛一眨一眨，一副就要哭出来的样子，像一个无助的孩子。他强忍着苦涩，声音发颤地说：

“好吧！您瞧，结束了，节日结束了。您可以下去对他们讲。我一个人回来了。我的未婚妻没来。也许是羞怯、恐惧，或是缺乏信心……总之她没有来。先生，我会给您解释的……”

可他无法讲下去了。他的整个脸都扭曲了。他突然从窗口转过身，走进了暗处。他打开装满衣服和书的柜橱抽屉，又把它们关上。

“我准备重新上路。”他说，“您别拦着我。”

他把要带走的东西放在桌上，一个洗漱包，一把枪……

茂那满是困惑地从里屋走了出去，没敢问他一个字，也没敢和他握手。

楼下，大家好像已经预感到了什么。几乎所有的女孩子都换了衣服。主楼里的晚宴在一片混乱中开始了。客人们仓促地吃完饭，像是游客在赶时间。

在餐厅、楼上卧室和外面的马厩之间，人流穿梭。人们好像知趣而散，三三两两互道别离和珍重。

茂那转向一位乡下男孩。他头戴一顶毡帽，胸前挂着餐巾，匆匆吃下最后一口晚餐。

“发生了什么?”茂那询问他。

“我们正要离开。这是临时决定的。五点钟的时候，大家感到被冷落在这里不知该做什么，聚到一起等到现在。眼看新郎新娘不会来了。有人说：我们是不是应该离开……就这样大家为动身做起了准备。”

茂那什么也没说。他现在和这个男孩一样也得走了。他不由得自问：难道这不是这次意外历险的尾声吗？难道他没有得到他所想要的吗？……他几乎没有时间重温早晨与女孩愉快的对话。现在，只有一件事可做了，那就是离开。不过，他不久会回来。他绝不失言。

“如果您想和我们一起走，”和他一般年龄的那个乡下男孩接着说，“就赶快去拿您的东西。我们一会儿去套车。”

他没向客人们转达新郎让他转达的话。放下刚吃了几口的饭，他快速离开了。

那天晚上，窗上不见了灯笼。花园和庭院都陷入深深的黑暗中。但是，这毕竟是婚礼最后的晚宴。那些不知趣的客人喝过酒，开始唱起歌来。在往回走的路上，茂那远远听到那种海港小酒馆里的粗俗小调。这曲调亵渎了这座清幽的庭院。这是曲终人散的前兆。过去两天，这里上演了那么富有魅力的故事和奇迹。他经过鱼塘——那片早上他用来照镜子的鱼塘。好像所有的一切都已改变……他的耳畔断断续续地响起唱诗班演唱的那首歌：

你从哪里来，小放荡女？

你的便帽被撕破

你的头发凌乱

……

我的鞋子红红的

永别了，我的爱人

我的鞋子红红的

永别了，一去不复返！

茂那回到了他远离喧闹的住所楼梯下。有人下楼，在暗处撞上了他，对他说：

“永别了，先生！”

那人裹在披肩里，像是很冷，很快消失了。这是弗朗兹·德·卡莱。

弗朗兹留在房间里的蜡烛还燃着。桌上只有一张信纸，很显眼。上面是几行字：

我的未婚妻走了。她留下话，她不能成为我的妻子。她是一名女裁缝，不是公主。我不知道该怎么办。我走了。我不想再活下去了。如果我没有对伊冯娜说再见，即使她原谅了我，又能为我做什么呢？

蜡烛要燃尽了，火苗摇曳着，挣扎了一下熄灭了。茂那回到自己的房间，关上门。尽管视线昏暗，他还是认出了每件东西。几小时前，天还亮着的时候，他愉快地整理好这一切。这会儿，他一件不落地找出所有可怜的衣服，从那双大鞋到粗糙的铜扣腰带。

他急忙换衣服。但是，心不在焉，他把借穿的礼服放在椅子上，错穿了那件丝背心。

窗下，停车场上开始骚动起来。人们拉着、推着马车，大声呼喊着，从一片混乱中把他们的马车解脱出来。不时地，有人爬到车座上或是大马车的篷顶，转动车灯。车灯光线像火炬一样照进窗户，照亮了茂那的周围。这个他熟悉的房间闪着光，又复活了。一切显得那么亲切……

他走了，再一次小心地关上门。这个神秘的地方他可能不会再来了。

第 17 章

奇异的派对（结局）

夜色中，一排马车缓慢地朝通往树林的栅栏门方向行进了。一位身穿山羊皮短上衣的男子驾驶的马车走在最前面。他一只手拎着灯笼，一只手拉着套车的马缰绳。

茂那急着找到一位愿意带他走的人，想快点离开。他很害怕突然发现客人中只有自己一个人留在领地上。他的不速之客的身份会被发现。

主楼前，还没出发的几名马车夫正在平衡车厢的负载。为了调整座椅位置，他们让已经坐下的人站了起来。裹在披巾里的姑娘们为难地站起身，披巾滑落到脚面。她们弯腰去捡披巾。马车灯投出的光正好罩在她们脸上。她们看上去神情紧张。

在这些马车夫中，茂那认出了刚才要拉他走的那位乡下男孩。“我可以上来吗？”他朝小伙子喊道。

“你要去哪儿，兄弟？”已经认不出他的小伙子问道。

“圣阿加特那边。”

“那得向马里坦请求一个座位。”

茂那在还没走的人中寻找着那位陌生的马里坦。在一群正在厨房里唱歌的酒鬼中，有人指给他一个人。

“这是个喜欢在宴会上大吃大喝的人，”指着马里坦的人说，“他会在这儿混到明天早上三点。”

这时，茂那突然想到那位忧伤、焦虑的姑娘。她要在这里度过一个狂躁的夜晚，听那些喝醉的农民在领地里唱到午夜。她在哪个房间里呢？在这些神秘的窗子后面，她的窗户是哪一扇呢？

可是拖延离开不是好办法，他不得不走了。一旦回到圣阿加特，他会凭印象把在这里遇到的事梳理一下。所有这些会变得清晰起来。那时，他不再是一位逃课的学生。他可以轻松地梦想那位小姐了。

马车一辆接一辆地出发了。车轮轧在长长的林荫大道的沙土上发出吱吱的响声，转弯消失在夜色中。那些车上载着穿得厚厚的女人们和裹在大方巾里睡着的孩子们。又一辆马车出发了，这是一辆两排座席相对的四轮轻便马车。车上女人们肩挨着肩挤在一起。茂那站在门前看得目瞪口呆。他不能再迟疑不动了。

这时，一位马车夫打扮的农民驾着老式的轿式马车经过。这是他唯一的机会了。

茂那上前向他说明自己的困境，他说：

“您可以上来，我们是去您要去的方向。”

茂那很费劲地打开那扇破旧的车厢门。车门玻璃颤抖着。合页咯吱作响。车厢里的一角，一张有靠背的座椅上坐着两个睡着的小孩，一个男孩和一个女孩。躁动声和寒冷弄醒了他们。他们冻得发抖，迷迷糊糊地睁开眼睛，舒展了一下身子，挤在一起蜷缩回角落里又睡着了……

老旧的马车走了起来。茂那轻轻关上车门，小心翼翼地坐到另一个角落。他急切地盯着窗外，努力记住来时的路和正在离开的地方。他辨别着夜色中的景物，感觉马车穿过花园、院庭，影影绰绰地能看到他住过的那个房间的楼梯。

马车出了栅栏门，离开了这片领地，驶进树林。他看着车窗外渐渐消失的城堡，模模糊糊地认出冷杉树的树干。

“我们也许会遇到弗朗兹·德·卡莱。”茂那想，心怦怦直跳。

这时，夜色中，在狭窄的路上，马车突然一个很急的躲避，从横在道当腰的一个庞然大物旁绕过——那是一辆大篷车。在婚庆和喜宴进行的两天里，驾车人不想让马车驶进城堡，又想尽可能靠近那里，不得已停在路上。

绕过大篷车，马儿们又快步走了起来。茂那越来越感到疲倦。他看着窗外，费力地想透过黑暗看清四周景物。

这时，林子深处突然发出一道闪光，紧接着是一声巨响。受惊的马儿们飞奔起来。茂那不清楚，那位驾车的人是想稳住马匹，还是想顺势让它们疯狂地跑起来逃离这里。茂那想打开车门，但把手在门外。他要放下车窗，但没有放下来。他拍打车窗……孩子们被惊醒了，紧挨在一起，一声不响。

在茂那拍打车窗时，他的脸贴在玻璃上。车子正在转弯，车灯闪了一下。借着闪亮的瞬间，他看到一个跑动着的白色身影，一副惊恐发疯的样子。

这是喜宴上的那位大皮埃罗！波希米亚人还穿着丑角的衣服。他紧紧地抱着一个人。

然而所有的一切瞬间消逝在视线中。

在这辆黑夜中飞奔穿行的马车里，两个孩子又睡着了。没有人跟茂那说说那些神秘的事。年轻人长久地沉浸在两天来见闻的回忆中。他心力交瘁，进入了梦乡，像一个忧伤的孩子……

黎明将至，马车停在了道边。茂那被一阵敲车窗的声音吵醒。马车夫费力地打开门。夜里的寒风吹来，茂那感到彻骨的寒冷。马车夫喊着：

“您应该在这里下车！天要亮了。我们要抄近道走。您离圣阿加特不远了！”

在车厢幽暗的角落里，模糊中，茂那半蹲下来，迷迷糊糊地寻找掉在两个熟睡的孩子脚下的鸭舌帽。拿起帽子，他顺从地弯腰下了车。

“好吧，再见！”马车夫回到座位上说：

“您也只剩六公里的路要走了。瞧！有座界碑在这儿，在道边。”

还没从睡意中挣脱出来的茂那有些趔趄地走到界碑处，坐了下来。他抱着膀子，歪着头，好像又要睡过去。

“啊！不！”那位马车夫喊道，“您不要在这儿睡觉。天太冷了。来！站起来，走起来……”

茂那站了起来，摇晃着像一个醉汉。他两手揣在兜里，缩着肩，慢慢地朝去圣阿加特的那条道走去。而那辆破旧的轿式马车——神秘节日的最后一幕——离开碎石路，在布满荒草的小道上无声地颠簸着消失了。茂那只看到车夫的帽子在远处篱笆上方舞动着……

第二部分

第 1 章

大游戏

天气很冷，刮着大风，不是下雪就是下雨。冬季结束之前，不能指望出远门去做什么了。对那个迷路后意外经历的地方，茂那和我都失去了重提的勇气。2 月白天短，我俩在这个月什么事也做不了，即便是在星期四 *。这几个星期四又都是大风伴着阴郁的冻雨，到傍晚五点左右才停下来。

好像什么也不会让我们再忆起茂那的历险了。自从那天下午他回来后，我们就不再有朋友了。这一切变得很奇怪。课间休息时，大家像从前那样玩着同样的游戏，但贾思曼再也不和大茂那搭话了。晚上，教室刚清扫完，操场很快就空荡荡了，我又像从前那样一个人待着。茂那在花园、棚子、操场和饭厅之间游荡。

这几个星期四早晨，我们坐在两间教室中的一间里，读着从

---

* 星期四是法国小学生的休息日。这一天没有课。

橱柜里找到的卢梭和保罗-路易·库里埃*的书，它们被混放在英语教材和整整齐齐抄满了乐谱的练习簿之中。下午时，如果我们想避开来家里的访客，也会躲到教室去……我们有时会听到阵阵嘈杂声。一群高年级学生像是偶然地在大门前停下，又突然扑向大门。他们在玩一种莫名其妙的军事游戏。最后他们走开了……

这种平静、凄凉的生活持续到 2 月末。我开始相信茂那把一切都忘了，直到发生了一件更离奇的事。那件事证明我的认识是多么离谱，多么盲目。我没有想到一场来势迅猛的危机，正在冬天沉闷生活的表层下涌动着。

这是 2 月最后一个星期四的晚上。第一次发生了后来知道与那个神秘领地有关的事。我们很久没再讲起的那次历险的风波第一次向我们袭来。

外祖父和外祖母已经离开这里回去了，只有米莉和我父亲跟我们在一起。那时，他们一点也没察觉出班上同学间在较劲，暗地里已经分成了两伙。

晚上八点时，为倒掉从饭桌上收拾起的面包屑，米莉打开门，

---

* 保罗-路易·库里埃（Paul-Louis Courier，1772—1825），法国希腊文翻译家、政治作家，有内容浩繁的书信集问世。他以辩论家的犀利文风著名。

她“啊！”的叫了一声。声音很响。我们马上走过去看个究竟。

外面风雪交加，门槛积了一层雪……天很暗。我想试试雪到底下了多深，往操场里走了几步。轻盈的雪花拂上面庞，马上融化了。大家叫我快点回来。米莉怕冷似地赶快关上了门。

晚上九点钟，我们准备上床。我母亲手里拿着灯。就在这时，我们清楚地听到操场上传来两下猛烈地敲大门的声音。米莉把灯放在桌子上，我们都站了起来，竖起耳朵听着。

要想看看到底发生了什么，我们得冒雪带上灯出去。在穿过操场一半前，玻璃灯罩很有可能会被风吹落，灯火会被扑灭。这时外面有一阵短暂的沉寂。我父亲开口了：“这可能是……”

正说到这儿，在面朝去火车站大路的饭厅窗下，有人发出一声又长又刺耳的哨音。声音应该一直到教堂都能听到。紧接着，一伙人爬上外墙跳进操场。窗外人影晃动。有人开始推窗子，尖声叫着：

“带他过来！带他过来！”

房子的另一端，有一伙人回应着。他们一定是穿过老马赫丹的院子，翻过了我们操场的矮墙。

这时从四面八方传来了陌生人用假嗓喊出的叫声。十来个人此起彼伏："带他过来！"

他们有的从墙外的木柴垛爬到存放食物的棚屋房顶；有的爬到和大门旁库房相连、能让人舒服地骑在上面的矮墙圆顶上；有的攀上通往火车站大路前的铁栅栏——那是很容易攀上的。听上去喊声从这些地方传来……接着，学校后面的花园里，一队援军赶来了。他们大声叫嚷：

"冲啊！"

叫嚷声回荡在空旷的教室里——他们把教室窗户推开了。

我和大茂那对我们住的地方的拐角和通道了如指掌，就像面对一张地图，我们能清楚地看到所有这些偷袭者正在进攻的点。

其实，只是在最初一刻我们受了惊。在哨声响起的时候，索海尔和我们三人就想到了一伙游民。最近，在教堂后面的广场上，出现了两个外乡人。一个大个子流浪汉和一个头上裹着绷带的年轻人。他们把大篷车停在广场上，在镇里闲逛至少两个星期了。在大车修理匠和马蹄铁匠那里也来了一些外地的工人。

当我们听到偷袭者的喊声时，我们确信和他们打过交道。他们是镇上的小青年。我们从尖声叫喊中辨别出他们中有几个我们认识的男孩子。这些男孩子也混在这伙人中像海盗那样蜂拥而至，突袭我们的房子，像突袭一艘海上的船。

“好吧，我会……”我父亲开口了。

然后米莉小声问道：

“这到底发生了什么？”

这时大门和铁栅栏，然后是窗户旁的鼓噪声戛然而止。两声哨子从窗前传来。棚屋房顶上的喊声和花园里的喊声逐渐沉寂，然后完全静了下来。我们听到沿着饭厅的墙，偷袭者们匆忙退出，雪地上发出杂乱的吱呀吱呀的脚步声。

显然有人打乱了他们的计划。这是人们上床睡觉的时候。他们以为可以轻易突袭镇边这所孤立的房子。但是，瞧，有人打乱了他们的进攻。

这次突然袭击很像指挥得非常好的一次登陆。我们还没来得及缓过神来，正准备看看究竟的时候，听到一阵熟人的喊声从小栅栏门旁传来：

“索海尔先生！索海尔先生！”

这是巴斯吉耶先生，肉店老板。这位小个儿胖男人进屋前在门槛上蹭了蹭木鞋，抖了抖短外衣上的雪。他带着一副又狡黠、又惊恐的神情，就像人们要揭穿一个阴谋时的样子：

“当时我碰巧在院子里，我的后院前方就是十字路口 * 广场。我正要去关羊圈。突然间，在外面，你们猜我看到了什么？两个大个子男孩站在雪地上。在十字架旁，他们像在放哨或在观察什么。我凑过去，也就两步那样。嘿！他们飞快地朝你家这边跑来。啊！我没再犹豫，拿上手提灯，对自己说：我要去跟索海尔先生讲这件事……”

然后，他重新开始了他的故事：

“我正好在我家后院……”说到这儿，我们倒了一杯甜烧酒给他，他接了过去。然后我们问他细节，他却说不出来了。

实际上他在来我们家的路上，并没看到什么异常的情况。事情大概是这样：两个被他惊扰的放哨人跑去报了信，那支保持警觉的队伍马上撤离了。关于这两个放哨的，可能是……

“他们可能是在大篷车上的那两个波希米亚人，”他接着说，“自打一个月左右前他们就在广场上闲逛了。为了演出他们在等好天气。他们就是些爱生事捉弄人的人。”

他的到来几乎没有给我们带来进一步的线索。我们一动不动

---

* 原文 Quatre-Routes，直译为四条路，意译为十字路口。

地站在那儿，感到很困惑。而巴斯吉耶先生，呷着甜烧酒绘声绘色地重新开始讲起他的故事。大茂那一直专心听着，他从地上拿起肉店老板的手提灯，走向门口。

“我们应该过去看看！”他说。

他打开门。索海尔先生、巴斯吉耶先生和我跟着他。

米莉放了心，因为闹事的人逃跑了。像那些有条理的谨小慎微的人一样，她本性里就不喜欢猎奇。她宣布道：

“去吧，如果你们想。但是关上门，拿好钥匙。我嘛——我要睡觉了。我会为你们开着那盏灯。”

第 2 章

我们中了埋伏

在深深的沉默中，我们踏雪走出学校大门。茂那走在最前面，他手里拿着一盏罩着铁丝网的提灯。提灯散发出扇形的微光……我们刚从大门出来，就看见两个戴风帽的人躲在市政天平 * 后面，身子靠在院墙上。他们看见我们，像受惊的山鹑，马上跑掉了。不知是嘲弄我们还是让这场匪夷所思的游戏冲昏了头脑；抑或是又兴奋又害怕被我们抓到，他们边跑边有说有笑地扔出两三句话。

大茂那把提灯放在雪地上，对我喊着：

“跟着我！弗朗索瓦……”

我们把两位上了年纪的不能和我们一起跑的男人留在了原地，朝那两个影子追去。他们绕过下城区，顺着那条维耶普朗士小道，故意往北朝教堂的方向跑去。他们不紧不慢地跑着，我们也不远

* 这里的天平用来集中称量大宗商品，通常由省级政府建立，是为按重量征收商品税而设的。

不近地跟着他们。街上一片寂静，似乎一切都睡着了。他们经过教堂，跑进了墓地后面由小巷和死胡同组成的迷宫里。

这里是女裁缝、织布工和打短工的人居住的街区，我们叫它“珀蒂观”*。我们对这里不是很熟悉，并且从没在夜晚来过这儿。这个地方白天很冷清，通常打短工的人要离开去上班，织布工会闭门谢客。而在这个寂静的夜里它似乎比别的街区更安静，人们睡得更熟。因此不要指望他们会迎接突然的到访，更不用说向我们伸出援手了。

在那些像是随便放置的纸盒子一样的小房子之间，我只知道一条路，那条去女裁缝家的路。我们给那位女裁缝起了个绰号叫“哑女”。首先你得走下一条铺着石板的陡峭斜坡，然后再转上两三个弯，穿过几户纺织工家的一个个小院落和几个空马厩，直到一条大胡同里。那是一条被一个废弃的农场封死的胡同。以前我们到过哑女家。哑女和我母亲用手语交谈，偶尔低声尖叫打破寂静。我坐在她的窗户旁，看到那边农场的高墙。农场在镇子边上。栅栏门总是关着。院子里没有稻草捆，一片干枯萧条，好像从没

---

* 珀蒂观（Petits-Coins），法语意为“小角落”。

发生过什么事……

那两个戴风帽的人正走在这条路上。在每个转弯处我们都担心失去他们的身影。可是令我吃惊的是，我们总能看到他们拐进下条胡同。这出乎我的意料，这些小胡同如此短，如果他们不是在从我们的视线消失前，每次都放慢脚步，我们是不会跟上他们的。这有些不可思议。

最终他们跑上了那条通往哑女家的路。我向茂那喊道：

“我们就要逮住他们了，这是条死胡同！”

其实，是他们就要逮住我们了——他们把我们引到了他们算计好的地方。来到墙脚，他们突然转向我们。其中的一个吹起了当晚已响过两次的口哨。

十来个男孩子马上从废弃农场的院子里窜了出来。他们每人戴着一顶风帽，脸裹在围巾里，一定守候我们多时了。

我们并没有感到太意外。还在他们偷袭学校的时候，我们已经知道他们是谁了。当时我们什么也没跟索海尔先生讲。我们的兴趣不在这儿。这群人里有德鲁士、德尼、日浩达，还有别的人。我们熟悉他们打架的方式和他们嘟嘟囔囔、结结巴巴的声音。但是有一个陌生人让我们感到意外，让茂那一惊，那人看上去正在指挥这些人……

他没有靠近茂那。他一直观察着、指挥着他的士兵们。他们正和气喘吁吁的茂那厮打在一起。茂那揪着他们在雪地里拖来拖去。他们的衣服被撕破了。他们两个对付我一个，让我吃了苦头。我拼命招架着，最后被按在地上。我跪坐在后脚跟上。他们把我的胳膊扭到后面捆在一起。我又害怕又好奇地看着，什么也不能做。

茂那迅速解开扣子，从揪着他上衣的四个学校男孩的手中挣脱出来，就势转身，把他们摔倒在雪地上……

那个陌生人稳稳地站在那里，饶有兴趣地跟踪着这场斗殴。他时不时用沉着清晰的声音提示他的同伴：

“加油！勇敢些！重来……”

忽然，从他嘴里冒出一句英语：“上，我的小男子汉们！*……”

他像其他人那样，脸包在围巾里。显然他正是今晚突袭的头

---

* 这是在戏剧《彼得·潘》（*Peter Pan*）里，彼得·潘鼓励他的童子军时说过的话。《彼得·潘》是苏格兰小说家及剧作家詹姆斯·马修·巴利创作的儿童文学名著。

领……他从哪儿来？又是怎样为这次突袭训练这些同学的？对我们来说，这些还是个谜。

茂那摔倒了围着他的几个男孩子后，朝陌生人走了过去。大概是为了看清楚，也故意要直接面对茂那的来势，他向上卷了卷裹在头上像绷带一样的白布。

正在这时我向大茂那喊道：

“小心后面！又上来一个。”

他背对着栅栏，已经没时间转身了。一个长腿家伙突然出现在栅栏下，熟练地把围巾绕在我朋友的脖子上，向后猛拉。被茂那打趴在雪地上的四个人马上爬起来，抓住他的胳膊和腿使他不能动弹。他们用绳子捆住茂那的胳膊，用围巾绑住他的腿。那个白布包头的年轻人走过来，伸手在茂那的衣袋里翻了起来……那个长腿、带着套马索的陌生家伙点燃了一支蜡烛头。他怕蜡烛被风吹灭用手遮着火苗。那个年轻的指挥者靠着昏暗的烛光，检查着他翻出的每张破纸。最后他展开了一张写满说明文字的草图。这是那张茂那归来后一直用心绘制的地图。他得意洋洋地叫道：

“我们拿到它了。就是这地图！就是这指南！我们很快就会确定这位先生到没到过我认为他到过的地方……”

他的同伙吹灭了蜡烛，拾起他们的鸭舌帽和腰带。他们给我松了绑。然后，所有的人像他们出现时那样一下子消失了。我赶快过去给我的同伴松绑。

“拿了这张地图他们不会走远。”茂那站起来说。

他一瘸一拐，我们走得很慢。在教堂前的路上，我们遇到了索海尔先生和巴斯吉耶先生。

“你们什么也没看到?”他们说，“……我们也是!”

幸运的是由于深夜，他们没有注意到我们狼狈的样子。就这样肉店老板离开了我们，索海尔先生也很快回去睡觉了。

而我们两人，回到楼上我们的房间里，在米莉给我们留的灯光下，待了很长时间，简单缝了一下我们脱了线的外衣，小声回顾我们刚刚经历的群殴。我们像一对战友，讨论着今晚失利的战役……

第3章

波希米亚人在学校里

第二天早上我们起得很晚。平常里，索海尔先生会在八点半时发出进教室的信号。我们总是一个挨一个地排成一队，手里拿着书、本子和蘸水钢笔。索海尔先生在我们进入教室之前要检查这些。大茂那是排在学生队列里的第一个人。今天，我们气喘吁吁地赶到，只好在长长的队伍中找个缝隙挤进去。

同学们默默地、快速地让出位置，让我们加入队伍，好像他们之间早有默契。这个举动让我感到很惊讶。索海尔先生延迟了我们进教室的时间。在他检查大茂那时，我好奇地探出脑袋，左顾右盼，想要看到前一夜突袭我们的坏蛋。

站在队伍最前面的是我料到的那个人，他背着一只背包，斜靠着门框，一只脚踏在石阶上。精致的有些雀斑的脸，显得很苍白。他占了茂那的位置，原本要站在末尾的。他低着头，带着几分轻蔑又好奇的神情朝我们转过脸。他的头和一边脸用白布包着。这正是昨晚闹事的领头人。那个突袭我们的年轻的波希米亚人。

我们进了教室，坐在自己的座位上。这位新学生坐在柱子旁长凳的最左侧。而茂那坐在长凳的最右侧。日浩达、德鲁士和其他三个人坐在第一排凳子上。为了给那位新生留出位置，他们一个挨一个地挤在一起，仿佛一切都已经事先安排好了……

冬天经常会有新生来到这儿。他们通常是那些船被冰冻在运河上的船员、船上学徒，还有因大雪而困在这里的旅行者。他们会在教室里待上几天，至多一个月，很少有待更长时间的……一般我们对他们带来的玩意儿的好奇心不会超过一个小时。他们马上会被忽略掉并且很快会在我们当中消失。

但这名新生不会被马上忘掉。我至今记得这个奇特的人。他把所有的奇珍异宝都装在背包里。首先，为了做听写，他从背包里抽出几支可在笔杆上看风景的蘸水钢笔。如果你闭上一只眼，从笔杆上的小孔里能看到不大清晰的变粗的卢尔德大教堂或是一些不熟悉的古迹。他为自己选了一支笔，把其他的笔递给旁边的人。他们马上又把笔一支支传下去。随后，他又掏出一个装着圆规和一些有趣文具的中国铅笔盒。为了不让索海尔先生看到，他们静悄悄地把这些文具藏在本子下面，从长凳的左侧偷偷地由一只手传到另一只手。

紧接着传过来一些很新的书。我贪婪地读着它们的书名。这些书在我们图书馆里很少见到。一本书名是《乌鸫荒原》*，另一本是《海鸥岩石》，还有一本书名是《我的朋友伯努瓦》……我们不知道这些书是从哪来的，可能是偷的。有的同学一只手翻着膝盖上的书，另一只手忙着在桌子上做听写。有的同学在他们的本子上转着圆规。索海尔先生转过身，一边从讲台走到窗户旁，一边给我们念听写。有几个人趁机闭上一只眼，另一只眼贴在笔孔上窥视着里面青灰色的、斑痕累累的巴黎圣母院。那位坐在柱子旁的新来的学生，手拿着笔。从旁边看去，他的面容很俊美。他眨着眼，高兴地看着在他周围暗地里进行的游戏。

然而，班上渐渐地弥漫着不安的情绪。新同学的这些玩意儿有条不紊地传到了大茂那的手里。他漫不经心地把它们放在一旁，

---

* 《乌鸫荒原》（*Teppe aux merles*），Teppe 一词来自古拉丁文 Tippa，意思是未开垦的土地，也作荒原。这个地理术语在法国索恩-卢瓦尔省的自然大区马孔内（Mâconnais）被广泛使用，甚至在周边省也有使用。有意思的是，传统上，这些荒原通常用鸟的名字来命名，比如汝拉省（Jura）热涅镇（Gigny）的鸽子荒原（Teppe aux ramiers）。

看也不看。不久传过来的东西堆成了一堆，这些不同形状五颜六色的文具，就像神话故事里科学女神脚下的圣物。索海尔先生一定会注意到新同学这只不寻常的、打开的包。他会看到我们鬼鬼祟祟进行的活动。另外，他不能不考虑着手调查昨天晚上的事件。这个波希米亚人的出现可能会让他的调查进行得更容易些……

没多久，他就在大茂那前面停了下来。他把食指放在书的中缝上，合上书，用书脊指着堆在那儿的新奇玩意儿，惊奇地问：

“这些东西是谁的？”

“不知道。”茂那没抬头用粗暴的声音回答道。

那位新来的学生马上说：

“这些是我的。”

然后，他用一种大方优雅、让老教师无法抗拒的年轻贵族的姿态补充道：

“我把它们交给您来处置，先生，如果您愿意。”

之后的几秒钟，班里鸦雀无声，好像是怕破坏了刚刚出现的、令大家惊喜的场面。全班同学好奇地挤到老师周围。老师歪着秃顶的卷毛头看着这些宝贝，而那位脸色苍白的年轻人带着平静、胜利的神情作了一些简要的说明。大茂那沉默地坐着，一副漠不关心的样子。他打开练习本，皱着眉头，全神贯注于一道难题的解答。

十五分钟的课间休息到了，我们还沉浸在这些新奇玩意儿中。听写没能结束，教室里混乱一片。说实话，自打早晨上课教室就一直在课间休息的状态中。

十点半，学生们蜂拥到了阴暗泥泞的操场上。我们马上看到一位新的领头人在指挥游戏。

在这位波希米亚人介绍给我们的所有新的娱乐活动中，我只记得这个最粗野的游戏：

他把班上同学分成了两组。年龄大的学生当作马，年龄小的同学在他们肩上扮演骑手，分别去了操场的两端。然后相向用激烈的对抗试图击败对方。这些“骑马人”用围巾作套索，伸出双臂作长枪。为迫使对手落“马”，他们使出浑身解数。有的“骑马人”闪躲对手的袭击失去平衡，倒在烂泥里，滚在“坐骑”下。有的“骑马人”从“大马”的脖颈上摔下，“大马”抓住他的腿，帮他重新骑在他的肩上，再一次发起进攻。红头发、扇风耳的大个子德拉日四肢不成比例，那个瘦瘦的、头上缠着绷带的骑手坐在他的肩膀上，恶毒地指挥着他的“大马”，他让敌对双方都很兴奋，他则哈哈大笑。

奥古斯丹站在教室门口，没好气地看着这场有组织的游戏。我犹豫着站在他旁边。

“这挺狡猾。”他手插在兜里，从牙缝里挤出几个词，“早上他就到这儿了，这是唯一转移视线的办法，不会引起怀疑。索海尔先生也放手不管了！”

茂那长时间站在那儿，风吹着他的寸头。他低声抱怨着这个街头艺人要让这些小伙子惨败，而不久前他是他们的队长。我是一个性格温和的孩子。我是不会不赞成他的。

操场偏僻的角落是战场边。那些年龄小的学生一个趴在另一个肩膀上盲目地跑着，甚至在没有受到攻击前就栽了跟头……

不久，只剩下亢奋的、旋风般的一组占据了操场中央。其余的纷纷倒下，胜利一方的队伍里，那位新首领头上的白色绷带时而闪现。

看到这里，大茂那再也按捺不住了。他低下头，手叉在腰间对我喊道：

“到这儿来，弗朗索瓦！”

我被他突然的转变搞得很吃惊，不过还是毫不犹豫地跳上他的肩膀。没过多久，我们就在混战中占了上风。大部分对手发疯似地尖叫着逃离了。他们喊着：

“瞧，茂那！瞧，那个大茂那！”

他站在剩下的那些人中间，转了个方向对我说：

“把你的胳膊伸出去，抓住他们就像我昨晚那样。”

陶醉在胜利中，我一把把抓住身边那些想挣扎脱身的男孩子，把他们从大个子同学的肩膀上拽下来。他们掉进污泥里。眨眼间只剩下德拉日肩上的那位新来的同学。德拉日看上去不想和奥古斯丹对抗。而后腰受到的猛烈一击使他身子向前一挺，这让骑马人的双腿落了地。“队长”的手还在“坐骑”的肩膀上，好像是拉着马嚼子。

站在那里的年轻人带着些许震惊和钦佩的神情看着大茂那。

“好极了！”他说。

这时钟声响起。那些聚集在我们周围期盼着一场好戏的学生都散掉了。茂那感到很失望。他还没能把对手扔到地上，游戏就草草结束了。他转过身，没好气地说：

“下次见！”

直到中午，班上一直在假期将至的气氛中。有趣的交谈和插话连成一片，那位新来的学生是谈话的中心。

他说，他们在广场上露营要到短暂的苦寒结束。他们不会推出一些没有观众的夜间表演。为填补空闲时间，他们决定：白天空闲时，他去学校读书，他的伙伴照料那些热带小鸟和那只受过训练的山羊。

然后，他讲起他们在附近一些地方的旅行。当他讲到他们艰难地在乡间小路上驾车，大雨落在马口铁的、破旧的车厢顶篷上，他们不得不下地推车的时候，那些后面的学生按捺不住，终于离开他们的座位靠过来听他讲。那些安分的同学利用这个机会走近火炉取暖。可是不久好奇心占据了他们。他们竖起耳朵，身子偏向交谈的人们。为了保住火炉旁的位置，他们把一只手举在炉盖上方。

“可是你们怎么生活呢？”索海尔先生问，他一直带着好奇和一点教书匠的书生气听着他的故事并且问了很多问题。

那个男孩显得很淡然，好像他从来不需要想钱。

“哦！”他回答道，“至于上个秋天我们的收入。那都是由迦纳仕做账的。”

没有人问迦纳仕是谁。可是我想到了那个大坏蛋——昨晚阴险地从茂那的背后袭击他，把他打倒的那个人……

第 4 章

神秘领地的一丝线索

下午，课堂上继续着上午的混乱状态。同学们不再认真上课，玩起地下游戏。那个波希米亚人带来了另一些好玩儿的东西，有贝壳、游戏和歌本，在他的魔术师背包里甚至有一只小猴子在抓挠着……每隔一会儿，索海尔先生都不得不停下来检查一下这个狡猾的新学生从他的背包里拿出的东西……下午四点到了，只有茂那完成了课堂上的作业。

谁也不急着离开教室。仿佛课堂时间和课间休息时间不再有明确的界限。而这个界限曾经让学校简单的生活像昼夜往复交替那样有规律。通常，大约差十分四点快下课的时候，我们会告诉索海尔先生轮到哪两位同学留下来打扫教室。我们从来没忘过一天课程结束前这件一定要做的事，因为这样可以提醒索海尔先生放学的时间。而那天我们竟然忘记了。

凑巧的是那天轮到大茂那扫除。早上，在和那个波希米亚人聊天的时候，我提醒过他，他要和大茂那配对扫除，因为按规定新来的学生在第一天放学后要留下来打扫教室。

茂那离开了一会儿，去找东西吃了*。直到他回来时，那个波希米亚人还是没有影儿。我们等了他很久。当他气喘吁吁跑进来的时候，天色已经变暗了……

“你留在教室里，”我的同伴对我说，“在我抓住他的时候，你把那张他抢走的地图拿回来。”

就这样我坐到靠近窗户的小桌子旁边，在白天的最后一缕微光下读起了书。我看到两个人默默地移动着教室里的凳子。大茂那穿着后襟有三个扣、下摆束在腰带里的黑外衣，看起来不苟言笑。而另一个像是一名伤员，头上裹着绷带，流露出敏感和紧张不安的神情。他穿着一件撕破的上衣。而白天时，我并没看到这件衣服有撕开的地方。他显得粗野和热情，面带微笑，疯狂快速地挪动着桌子。他可能在玩一种奇怪的游戏，而只有他自己知道游戏的内容。

清扫和整理到最后一张桌子，他们走到教室里最暗的角落。

---

* 法国人在晚饭之前的下午四五点钟通常吃一些零食，比如饼干、面包等。

在这个地方，只要略施个手段，大茂那就能把他的对手掀翻在地。窗外即使有人，也看不到、听不到这里发生了什么。我不理解他为什么让这样的机会溜掉了。而过一会儿，另一位只要挪到门口就会借口干完活溜掉了。我们不会再看到他，地图和抄在上面的资料会随他而去。那可是大茂那花了那么长时间搜集、整理，一笔笔画出和记上的。

我一直等着我同伙的一个信号，或是一个暗示。我会立即扑上去夺回地图。但是大男孩只是用充满狐疑的眼神盯着那个头上缠着绷带的波希米亚人。在黄昏的半明半暗的光线下，我看到他的绷带上有一大片血污。

他俩把最后那张桌子放正了，还是什么也没发生。

此刻，两个人回到了教室前面。他们要最后扫一下门槛。大茂那低着头，没有看他的搭档。他小声地说：

“您头上的白布被血染红了。您的衣服也被撕破了。”

另一个人看了他一会儿，对他讲的没感到吃惊，但被深深地感动了。

“刚才在广场上，当他们知道我想回这里打扫教室时，明白了我要和你们讲和，便起来反对我，想要抢走您的地图。但是我还是保住了它。”他骄傲地一边说一边递给茂那那张折叠起来的、珍贵的地图。

茂那朝我慢慢地转过身。

“听到了？”他说，“他刚刚打过架，为我们受了伤。可我们刚才还想要给他下套！”

然后，他不再用“您”称呼这位波希米亚人。在圣阿加特公学的学生中这是不合习惯的称呼。

“你是我们真正的朋友。”他向这位新同学伸出手说。

流浪艺人抓住茂那的手，沉默一秒后，他用不安、颤抖的声音开口了……没一会儿他很有兴趣地说：

“就这样你们给我挖了一个陷阱！真好玩！我猜到了！我对自己说：他们会惊喜得不得了，当他们看到我补全了地图……”

“补全了？——哦！等等！不完整……”

没有了调皮的语气，他靠近我们，很严肃地慢慢说：

“茂那，是和您说明的时候了。我也到过您曾经到过的地方。我也参加了那场不同寻常的派对。在这里，学校里的男孩子们和我讲了您的神秘历险。我感到那一定和那个古老的、谜一样的领地有关。为了证明确实是那里，我不得不想办法搞到您的地图……但是我像您一样，不知道那座城堡的名字，不知道怎么再回到那儿，不知道从这儿带您去那儿的完整路线。”

带着这样激动的心情，这样强烈的好奇，这样兄弟般的友爱之情，我们紧紧地靠近他！茂那如饥似渴地向他提着问题……希望我们的新朋友讲一讲那个他声称迷失的地方。

“您看看，您看看。”这位年轻人带着一点气恼和尴尬回答着茂那，“我在这个地图上作了一些您没有注意到的地点的标记……这是所有我能做的。”

然后，我们用充满敬佩和友好的眼神看着他。

“哦！”他带着忧郁和骄傲的神情说，“我想要提醒你们，我和那些男孩们不一样。三个月前，我朝自己的脑袋开了一枪。这就是为什么我的额头上缠着绷带。我像一个 1870 年在塞纳河上战斗的国民自卫军 * 士兵……”

“那么今天晚上，这个伤口在你们打架的时候又被撕开了。”茂那轻轻地说。

---

* 1870 年普法战争期间，普军包围了巴黎。为了保卫巴黎，巴黎市民建立了国民自卫军。法国战败后，巴黎市民发动了起义，选举产生了巴黎公社，国民自卫军在头上系上一条带子以表示对巴黎公社的支持。

波希米亚人像没听到他的话，用略带强调的、庄重的语气继续说：

“我想死。可是我没成功。我继续活下去只是为了游乐——像一个孩子那样，像一个波希米亚人那样游乐。我放弃了一切。我不再有父亲、妹妹、房子和爱情……什么都没有了，只有寻欢作乐的伙伴。”

“那边的那些伙伴已经背叛了您。”我说道。

“是的，”他激动地回答，“这全是那个德鲁士搞的。他猜疑我要和你们和解。他让我的队伍士气低落。这支队伍在我的训练下曾是多么好。你们已经看到昨天夜里的突袭。指挥得多么好啊！进行得多么顺利！自打童年起，我还从没有这样成功过……”

他突然收起兴奋和得意，沉思了一会儿，仿佛让我们不要因此对他抱有幻想。他补充道：

“今天晚上我过来和你们在一起，是因为我今天早上看到，和你们在一起比和那伙人在一起有更多的乐趣。特别是那个德鲁士让我受不了。一个十七岁的人想法那么愚蠢！他只能让我作呕……你们认为我们能抓住他吗？”

“当然，”茂那说，“但是你们会和我们一起待很长时间吗？”

“我不知道。我很想。我非常孤单。我只有迦纳仕……”

这时他激动、快活的情绪急转直下，片刻间陷入绝望中。大概自杀的念头又向他袭来。

“作为我的朋友，”他突然说，“您看，我知道您的秘密，我会保守它。我能让您重新找回您丢掉的线索……”

然后他郑重地说：

“作为我的朋友，如果有一天我又回到地狱的边缘，就像经历过的一次那样，你们能伸出援手。”

“向我发誓：当我发出喊声，像这样——”

“呜！”他发出奇怪的叫声。

“——你们要回应我。您，茂那，您第一个发誓吧！”

我们发了誓，那时我们还是孩子。对单纯的孩子来说，诺言显得更庄重更严肃。正是这样的情谊吸引着我们，让我们更加珍惜。

“作为回报，”他说，“我可以告诉您那位城堡里的人在巴黎的地址。那位姑娘通常到那儿过复活节和五旬节*，她在 6 月或冬天

* 复活节，基督教的重要节日，在春分月圆后的第一个星期日。节期大致在 3 月 22 日到 4 月 25 日之间；五旬节，基督教圣灵降临日，日期在每年的 5 月或 6 月。

里的一段时间去那儿。”

这时已是初夜，一个陌生的人在大门外喊了起来。大概是迦纳仕——另一位波希米亚人。他可能不敢或是不知道怎样穿过操场到这里。他焦急地一声高、一声低地发出“呜！呜！”的声音。

“说吧！快说吧！”茂那朝眼前年轻的波希米亚人喊道。

年轻人打着哆嗦，在离开前整了整衣服，匆忙中他向我们说了一个巴黎的地址。我们小声地重复了一遍。

夜色中，他向栅栏门外的伙伴跑去，把我们丢在了无边的心烦意乱中。

第5章

那个穿绳底帆布鞋的男子

差不多凌晨三点的时候，贾思曼守寡的母亲，也是镇上一间小客栈的老板，已经起床生火了。她已故丈夫的弟弟迪马要在早上四点钟动身上路。这个可怜的老太太的右手在一次烧伤后萎缩变形。她在昏暗的厨房里匆忙地准备着咖啡。天很冷。她在短睡衣上披了一条旧围巾，把围裙下摆挽成了一个兜，然后，一只手拿着蜡烛，另一只烧伤的手遮住蜡烛的火苗，穿过堆满大货箱子和空瓶子的院子，去仓房里取劈柴。她家的仓房也用作鸡舍。

就在她推开仓房门的一瞬间，黑暗中，她忽然看到一个人在里面。那人一只手里拿着鸭舌帽，长长的胳膊抡了过来，发出呼呼的响声，煽灭了蜡烛，打在老寡妇身上。然后，他一下子窜出门，跑掉了。受了惊吓的鸡群像进了地狱，发疯似地吵闹着。

德鲁士寡妇回过神来，发现十多只最好的鸡不见了。那人是拿着袋子来偷鸡的。

听到她的呼叫，迪马跑了出来。小院大门敞开着。迪马查看了一下，确认小偷是用万能钥匙打开小院门上的锁进来，又原路跑掉了。迪马是一个熟知偷猎和入室偷窃那一套的人。他立即点亮了一盏马车上的手提灯，一只手拿着它，另一只手把枪上了膛。小偷穿的应该是那种帆布便鞋。足迹很模糊。他用力辨识着，紧紧地追去。足迹把他引上了去火车站的大路，然后突然消失在牧场栅栏前。迪马不得不放弃这条线索。他抬起头，站在那儿。不久，他听到远处的嘈杂声，看见一辆马车冲上大路疾驰而去。

贾思曼·德鲁士，那个寡妇的儿子，起床了。他匆匆忙忙地把带风帽的斗篷披在肩上，穿着拖鞋，出门仔细查看着这个镇子。人们都还在梦乡。一切都沉浸在第一道曙光来临前的黑暗和深深的寂静中。他走到十字路口。和他叔叔一样，他听到远处里奥德山坡上马车发出的嘈杂声，听声音是马蹄踏地在全速飞奔中。他是个既狡猾又爱吹牛的男孩。他独自一人，自言自语着。同样的话第二天他用蒙吕松乡下粗俗的、让人无法忍受的发音又向我们说了一遍：

“马车朝火车站方向去了。但是我还要去镇子的另一头看看究竟。”

就这样，在夜的寂静中，贾思曼转身朝教堂方向走去。

广场上，从波希米亚人的大篷车窗子里射出一线光亮——可能发生了什么事，还是有人病了。贾思曼走过去，想看个究竟。一个人影从珀蒂观过来，静静地、快速地朝大篷车的脚踏板跑过来。这人穿着帆布便鞋。贾思曼认出这是迦纳仕走路的样子。

他立即上前走到车窗前的光亮里，低声问道：

“怎么？发生了什么事？”

头发乱蓬蓬、牙齿掉光了的迦纳仕吓了一跳。他惊慌失措地愣在那里，盯着贾思曼看了一会儿，然后苦笑着，气喘吁吁、断断续续地回答：

“我的同伴病了……他昨晚打架时原来的伤口又裂开了……我刚去请了一个嬷嬷*。”

满怀好奇的贾思曼·德鲁士想要回家睡觉。快到镇中心的时候，他碰到了一位赶路的嬷嬷。

早上，圣阿加特许多度过不眠之夜的居民站在门前。他们双

---

* 在 19 世纪的法国乡下，修女们经常履行护士的职责。

眼浮肿，目光阴沉，怒不可遏。镇子上响起一阵阵叫骂的喊声，像导火线被点燃，怒骂声穿越镇子，一声接着一声。

大约在凌晨两点的时候，日浩达家的房子里只有两个女人。她们被停在窗下的一辆有篷的小推车吵醒了。有人匆忙地往车上装着包裹。包裹里不知装的什么，看上去软软的，直往车下出溜。她们没敢动。

天亮时，她们去后院查看，这时才明白，装上车子的是被偷走的兔子和鸡鸭……

在第一次课间休息时，米莉在水房门前发现了许多着了一半的火柴杆。我们猜想，行窃的人没有搞清我们房子里面的情况，所以没能进来。而在贝厚、布佳东和柯丽芒家，他们的一些猪也不见了。但是人们早上的时候发现，它们正在别处敞开的园子里忙着啃生菜。凌晨时分，贼把一家一家的院门打开。一群群家畜就利用机会出来散步了……

几乎所有人家的家禽都被偷了，但是其他的东西没动。碧组女士，那家面包店主人，没养家畜，可也喊了一整天，说有人偷了她的捣衣杵和一磅靛青。但这些从没得到证实，也没有被记录在案……

惊恐，不安，风言风语持续了整个早上。课堂上，贾思曼讲述了他夜里的冒险：

“啊！他们很狡猾。”他说，“但是如果我叔叔碰到他们中的一个，像他说的，会像射杀兔子那样开枪！”

然后，他看着我们又说：

“幸运的是他没有碰到迦纳仕。他有可能会朝他开枪。迦纳仕会像那些被射杀的兔子一样。他是这样说的，并且德赛涅也这样说过。”

然而没有人去想这是我们的新朋友干的。第二天晚上贾思曼提醒他叔叔，迦纳仕穿着帆布鞋，他像那个小偷。他们达成一致，抓住那个小偷，向警察报案是值得的。他俩决定，一旦有空闲，就秘密地去县上，把这事报告给宪兵*小分队队长。

后来的几天，那个创口又一次轻微裂开，情况不妙的年轻波希米亚人没有再出现。

晚上，我们徘徊在教堂广场，无心看大篷车红窗帘映射出的

---

* 法国宪兵的勤务对象不限于军人，对民众亦有管辖权，履行一般警察维护社会治安的职责。

灯光，心里充满了焦虑和不安。我们不敢接近那个简陋的窝棚一样的车厢。它似乎就是那个迷失的神秘领地上那条神秘的过道和那个神秘的门厅。

第6章

后台的争吵

过去的几天，我们经历了那么多的焦虑和不安。这让我们没有留意到3月已经来临。这次事件之后的第三天，在下楼去院子的时候，我突然感到已经是春天了。微风中有淡淡的香气，像一股温暖的水流从墙上吹过，让人陶醉。静悄悄的雨水，夜里浸润了牡丹花叶。花园的地被翻过，散发出一股强烈的泥土气味。窗前树枝上，一只鸟在努力地练习唱歌……

第一次课间休息的时候，茂那提出要立即走走地图上那条波希米亚学生补充过的路线。我费了很大劲劝他等一等，等再看到我们的朋友，至少等到天气更稳定些，圣阿加特的所有李子树开花的时候。我们光着头，靠着矮墙，手插在兜里，交谈着。早春的风乍暖还寒，一阵让我们打颤，一阵又唤醒了我们对生活的热情。啊！兄弟，同伴，旅行者，这是怎样美好的情谊！我们坚信：幸福几乎就在眼前，为得到它，只须上路就足够了！……

十二点半午饭时，从十字路口广场那边传来咚咚的鼓声。眨眼工夫，我们站在了小栅栏门口，手里还拿着餐巾纸……广场上，迦纳仕在宣布：晚上八点教堂前有一场大型演出，名字叫做《感谢好天气》。他们会架起帐篷，以防下雨。他宣读着长长的节目单，但是风不断地把他说话的声音吹跑。我们只能听到一些伴随着鼓点、很有节奏的只言片语："哑剧……歌曲……梦幻马术……"

晚饭还没吃完时，窗下传来低音鼓雷鸣般的声音，震得窗玻璃直响。这是在提醒我们演出即将开始。不久，村里的居民一帮一伙、嗡嗡地边走边聊，纷纷朝教堂广场走去。而我们不得不留在桌子旁吃饭，急得直跺脚。

直到大约九点的时候，我们听到门外有脚步声。栅栏门旁有人笑得喘不过气来。老师们过来和我们汇合了。夜色已浓，我们汇入人群，朝演出的地方出发了。远远望去，教堂外墙火光通明。帐篷入口处，两盏油灯的火苗随风舞动着……

帐篷里的阶梯式看台是按杂技场布置的。索海尔先生，别的老师，茂那和我，我们来到最底下一排的空座前。——我又见到了那里。大片大片暗处的层层台阶上聚集着面包店老板碧纽女士、杂货店主费赫南德、马蹄铁匠和镇里的女孩子们，还有一些老太太、男孩子们、农民和别的一些人。——那里本来没有多大地方，但它是个真正的杂技场。

表演已经进行到一半多。台上一只灵巧的、驯服的小山羊四个蹄子踩在四只玻璃酒杯口上，紧接着并到两只杯子上，然后是一只杯子上。迦纳仕手拿一小块长棍面包，在一旁不紧不慢地指挥着。他不时张大嘴巴看着我们，眼神显得怯懦和不安。

大篷车的后门敞开着，直对着帐篷里的杂技场。两盏油灯放在马车和帐篷之间。马戏团导演坐在这两盏油灯旁的一条凳子上。我们认出那人正是我们的朋友。他的前额裹着绷带，穿着一身优雅的黑色紧身衣。

我们刚坐下，一头套着马具的小马就跃上了舞台。那个受伤的年轻人牵着小马绕场转了几圈。当年轻人让小马选出观众中最亲切、最勇敢的人的时候，小马总是停在我们中的一个人前面。当他让小马找出最爱说谎、最贪财或是最多情的人的时候，小马总是停在碧组女士前面。她的周围立即响起一片笑声、喊声和嘎嘎的叫声——在西班牙种猎犬追赶下，鹅群发出的叫声！……

中场休息时，马戏团导演过来和索海尔先生交谈了一会儿。对索海尔先生来说，即使是和达勒马 * 或是利奥塔 ** 搭话，也不会让他感到更自豪、更兴奋。而我们饶有兴味地听他侃侃而谈。他说起正在愈合的伤口。在漫长的冬日里，他们一直在准备这场演出。他们不会在月底之前离开，因为想出一些新的节目和花样，要演给这里的人们。

演出的压轴节目是一场大型哑剧。

在幕间休息要结束的时候，我们的朋友离开剧场向大篷车走去。他不得不穿过一群登到了舞台上的观众。在这群人中，我们突然看到了贾思曼·德鲁士。成年女士和女孩们纷纷给我们的朋友让路。这位穿着黑色演出服，受了伤，陌生而勇敢的人迷倒了她们。而贾思曼像是刚刚从旅行中归来，绘声绘色地和碧纽女士低语着。他穿着一件低领衬衫、一条喇叭裤，系着一条束腰带。他这身坏男孩的打扮显然更合碧纽一类女士的品位，让他更具魅

---

* 弗朗索瓦-约瑟夫·达勒马（François-Joseph Talma，1763—1826），著名的喜剧演员，拿破仑一世最喜欢的演员之一。

** 儒勒·利奥塔（Jules Léotard，1838—1870），著名的杂技演员，空中飞人技巧的发明者。

力。他把拇指放在衣服的翻领处，站在那儿看上去自命不凡，又有些局促不安。在波希米亚人穿过这群人的时候，他故意高声对碧纽女士说着什么。我没有听清他的话，但可以确定那是辱骂。对这样突如其来的挑衅，我们的朋友转身看了看。而他笑嘻嘻、虚张声势地捅捅旁边人的胳膊肘，好像在和同伴互动。所有这一切发生在几秒中。我可能是我们这排长凳上唯一看到这一切的人。

马戏团导演去找大篷车入口帘子后面的伙伴。观众们回到了阶梯式的座位上。

演出最后部分要开始了，场里逐渐地安静下来。在大篷车帘布后面，低声交谈听不到了，紧接着传来一阵大声争吵。我们听不清他们在说什么，但我们听得出是那位大个子男人和那位小伙子的声音。前者辩解着；后者的声音又愤怒、又伤感，严厉地责备着前一个人。

“这真不幸！”年轻人说，“可你为什么不告诉我……”

我们听不清他们下面的争吵，大家全都闭了嘴竖起耳朵。争吵继续着，只是声音降低了许多。这时坐在高处台阶上的男孩子们开始跺脚起哄：

“灯光！灯光！大幕！”

第7章

波希米亚人解开了他的头带

终于，一张布满皱纹的面孔从两扇帘幕之间慢慢地露了出来——不停变换着喜悦和忧伤的圆睁的双眼，星星点点贴着粘信封用的小面团的脸颊——瘦高的皮埃罗像是一个分成三节的活动人体模型，晃晃悠悠、不声不响地出现了。他蜷缩着身子像是肚子痛，小心翼翼地踮起脚尖走着，双手褪在长袖里，长长的袖子扫过台面。

这位皮埃罗用哑剧形式演绎的这个故事，我现在无法再把它拼凑起来。我只记得他一走上戏台，就徒劳地努力使自己不跌倒，但还是摔倒了。他有些绝望，挣扎着站起来又倒下，就这样失去控制，不停地摔着跤。有四把椅子一起把他困在中间。眼看又要跌倒时，他紧拉一张我们抬到戏场的大桌子，最后仆倒在场边，一直摔到观众脚下。大家好不容易在观众席中找出了两名壮汉，拽着他的手脚，费了很大劲儿让他重新站起来。他每次跌倒时，都发出一声叫喊，每次的叫声不一样，但都那么细微和可怜，听上去既痛苦又满足，两种情绪混杂在一起。

他终于回到了戏台中央，攀到高高摞起的椅子上，一副迟钝的样子，然后掉下。伴随着坠落，他发出猫头鹰那样的尖锐刺耳的叫声，里面有得意和满足，也有凄惨和苦难。看台上，女人们惊恐的叫喊声响成一片，哑剧也到了高潮。

在哑剧进入第二部分演出时——如今我不能记起当时是什么剧情——我又看见这位可怜的撑不下去的皮埃罗从一只袖子里拿出一个填满了麸皮的布娃娃，作他的搭档，表演了一段悲喜交加的剧情。最后，哑剧要结束时，皮埃罗从布娃娃嘴里弄出所有塞在它肚子里的麸皮。随着一声细微、可怜的叫喊，他又用一些糊状的东西把它填满。这个噱头，使全场观众都张大了嘴巴，眼睛盯着这个让可怜的皮埃罗弄破了的、黏糊糊的布娃娃。他突然抓住它，猛地向观众席上的贾思曼·德鲁士的脸扔去。湿漉漉的布娃娃擦过贾思曼的耳朵，飞向碧纽女士的下巴，砸在了她的肚子上。这位面包店女店主尖叫一声，猛地向后仰了过去。所有坐在她那排长凳上的观众，也都惊得和她一起向后仰去，以至于弄断了长凳腿。这位面包店女店主、费赫南德、可怜的寡妇德鲁士和旁边二十来人仰脸朝天倒在了地上。在一片哄笑、喝彩和掌声中，那位伟大的丑角向观众深深鞠了一躬，说道：

“女士们，先生们，我们荣幸地向你们致以深深的谢意！”

哑剧演出中，大茂那一直沉默着，全神贯注地观看着，似乎渐入佳境。可这时，在台下一片骚动中，他突然站了起来，伸手抓住我的胳膊，像是遏制不住地向我喊着：

“看，那个波希米亚人！看！我终于认出他了。”

在看到这一幕前，好像已经很长时间了，一个想法早就无意识地萦绕在我的脑海里，像一只就要出壳的小鸡，只等孵出的时刻了——被我猜到了！

在大篷车前的油灯旁，那个裹着披风的、陌生的年轻人站在那里。他摘下那块有些遮挡了面孔的绷带。在烟雾缭绕的微光中，那是不久前古堡房间里微弱的烛光下隐现出的那张英俊、高挺、光洁的脸。他脸色苍白，嘴唇半张着，匆匆翻着一本像口袋本地图那样的红色画册。除了浓密的头发下一边太阳穴上的伤疤，他身上的每一个细节都符合大茂那向我描述的那个人。这个人正是那个陌生领地里婚礼上缺席的新郎。

年轻人揭去绷带，很显然是为了让我们认出他。大茂那刚一叫出声，他就向我们抛来了从容、坚定的一瞥，眼神带着淡淡的忧伤。他像平常那样朝我们微笑，然后回到了大篷车里。

“还有那个！”茂那激动地说，“我为什么没有立即认出他！他就是那天婚宴上的丑角皮埃罗……”

茂那从台阶上下来朝迦纳仕走去。迦纳仕已经切断了所有进入场子的通道。他一盏接一盏地熄灭了场子里的四盏油灯。在一排排的长凳间，我们跟着离开的人群，一步一步地移动着。昏暗的光线下，我们急得直跺脚。

终于，我们走出了帐篷，大茂那马上冲向大篷车。他登上脚踏板，敲打车门。但是车门紧闭。看来，大篷车帘幕后的演员们——小马、山羊和那些机灵的小鸟——在它们自己的小窝里已经安顿下来，进入了梦乡。

第8章

宪兵们

在昏暗的街道上，为了不迷路，我们不得不跟上由先生们和女士们组成的朝学校方向走去的大队人群。我们总算弄明白了：茂那在婚宴的最后一天晚上看到的白色大背影——那个在树丛间疾行的身影，正是迦纳仕。正是他接纳了那位失意的订婚人并带着他一起流浪。而后者接受了漂泊的、对他来说充满游戏和冒险的生活方式，让他似乎又回到了童年……

弗朗兹·德·卡莱隐藏了他的名字一直到现在。他装作不知道去那个领地的路，可能是担心不得已要带我们回到他父母的家。可是今天晚上他为什么突然改变主意，让我们知道他是谁，并且留下我们独自猜想全部真相？……

随着人群慢慢散开朝镇里各自走去，大茂那的脑海里涌出那么多想法，那么多要做的事。明天是一个星期四。茂那决定一早就去找弗朗兹，然后两人出发直奔那个迷失的地方。

走在这样崎岖、泥泞的路上，将是怎样的征程啊！弗朗兹会解释所有这一切，所有的谜团会被解开。而大茂那的那次历险远没有结束，他会从那个地方，那个中断的地方重新开始……

我带着难以形容的心情在昏暗中走着。所有这些情绪——从期待星期四不上课的轻松到刚刚揭开大秘密的惊喜，再到一次美妙历险的诱惑——像无数的支流汇合成欢乐的海洋。我记得，在一种心血来潮的慷慨中，我情不自禁地把手伸给了那位公证人几个女儿中最不好看的一个。而就是这个女孩，平日里人们时常要我违心地去拥抱她。

苦涩的记忆！那些破灭的毫无意义的期待！

第二天早上八点，我们把鞋子和腰带扣擦得锃亮，拿出崭新的鸭舌帽，穿戴好，去了教堂广场。一路上，茂那抑制不住心中的喜悦看着我……

可就在这时，出现在眼前的是一个空荡荡的广场！茂那大喊一声冲了过去。

在原先停放着马车和简陋的木板房的地方，只留下一只罐子的碎片和一些破布。两个波希米亚人已经走了……

一股小风吹来，让我们感到不胜寒冷。我们走在满是石子和车辙印的广场上，每一步似乎都要被绊倒。茂那发疯似地冲向去老南赛的大路，可是转眼间，又掉头往圣卢普德布瓦方向的大路跑去。他把手遮在前额上瞭望远方，希望还能看到我们刚刚离开的朋友。可是他们走的是哪一条路啊？从广场上出来的纵横交错的车轮印消失在了硬硬的路面上。他停在了那儿，直发呆。

在这个星期四的早上，一天开始的时候，我们往回走。在穿过镇子的时候，我们看到四个骑在马上的宪兵。昨晚，在得到贾思曼报信后，一大早宪兵就到了广场。他们穿过街道，分散开去，把守镇子的所有出口，像骑兵那样侦察……但一切已经太晚了。

那个偷鸡的人——迦纳仕，已经和他的同伴逃跑了。宪兵没有找到任何人，不论是那个小偷，还是把他偷来后勒死的阉鸡装上车的帮凶们。贾思曼管不住的舌头提醒了弗朗兹。而在他看到大篷车的钱箱空了的时候，他一下子明白了支撑他们生活的是个怎样的行当。他满心是耻辱和怒火，马上作出在宪兵们到达前逃走的计划。从今以后，他也不用再担心我们会把他带回他父亲那儿去了。他想好了，要在消失之前，在我们面前揭下头上的绷带，露出真容。

只是有一点我们搞不懂：迦纳仕怎么能在偷窃半个村子的同

时又请嬷嬷医治他正在发烧的同伴？然而，这些事不正是这个可怜虫做的吗？他有小偷的一面，有流浪汉的一面，又是一个好心人……

第9章

寻找迷失的踪迹

我们回家时，太阳驱散了早晨的薄雾。主妇们在家门口抖搂着地毯或聊着天。镇子郊外的田野和树林沐浴在灿烂的春日晨光下，这幅画面一直留在我的记忆中。

这个星期四早上，所有高年级的学生应该在上午八点左右到学校上自习。一些人为获得高级班毕业证书做准备，而另一些人为升入师范学校的考试做准备。我们坐在教室里。茂那的心里满是遗憾。他烦躁不安，以致无法坐好温习功课。而我也感到非常沮丧，情绪低落。教室里只有我们两人……一缕新鲜的晨光从蛀虫咬过的长凳表面的尘埃上滑过，投射在地球仪已经有些剥落呈鳞片状的清漆上。

我们怎么能待在这儿，坐在书桌前，却反复想着那些令我们失望的事？窗外，树枝间互相追逐的小鸟，朝草地和树林跑去的同学们在呼唤我们。我们狂热地希望尽快探索那条波希米亚人核实过的路线。它超出了我们的能力范围！在尝试了所有其他的可能之后，只剩下那张手绘地图，那把还没试过的钥匙。这是我们掏空了的口袋里最后的家底。茂那在教室南北两边的窗户前来回踱着。他注视着花园，又回身朝镇子的方向看去，好像在等一个笃定不会回来的人。

“我一直在想，”最后他对我讲，“这条路可能不像我们想象的那么远……在我的地图上，弗朗兹删掉了一部分我作了标记的路线。也就是说，可能那头母马在我睡觉的时候绕了一段长长的弯路。”

我半坐在一张大桌子角上，一只脚触地，另一只脚摇着，垂下头，带着气馁的、漫无目的的表情。

“不过，”我说，“在那辆送你回家的轿式马车上，你们走了整整一夜。”

“我们是午夜时才离开的，”他快速地回答，“在早上四点的时候，他们把我带到了圣阿加特以西大概六公里的地方，而我是从火车站的那条大路离开这儿的，你要知道——那是东面。从圣阿加特到那个走失的地方没有六公里……真的，我觉得出了镇子外的树林，应该不超过两古里，就会到达我们要找的地方。”

“准确地说，就是那两古里的地方没有在你的地图上。”

“是的。从这儿到树林的出口有一古里半，要是走得快，那差不多要走一上午……”

正在这时，穆世博夫来了。他总是装出一副好学生的样子，惹人生厌。谁都知道，他从来不好好学习。

“我就知道，”他得意扬扬地说，“只能看到你们两个。其他人都去林子那边儿了。贾思曼·德鲁士领头。他知道那些鸟巢在什么地方。”

他装出一副道貌岸然的样子，开始讲那些不爱学习的同学，在去树林里捉鸟的时候，是怎样在背地里嘲弄学校、索海尔先生和我们的。

“如果他们在林子里，我很可能会碰到他们。”茂那说，“我也要去那边。我会在十二点半左右回来。”

穆世博夫一脸不解。

“你不来吗？”在半敞的门旁停了一下，奥古斯丹问我。伴随着一缕阳光，这时一阵温暖的春风，吹进灰暗的教室。门外传来了人们的叫嚷和呼唤声、小鸟的鸣叫声、水桶碰到井栏发出的响声和远处抽打鞭子的噼啪声。

“不。”我说。尽管外面很有诱惑力，但想到索海尔先生，我不能去。“可是，你要快点回来。我会等得很着急的！”

他心不在焉地做了个手势，然后，有些急切地快速离开了。

索海尔先生大约十点钟的时候来了。他没有穿黑色羊驼呢外套，穿了一件有扣子和大口袋的渔民短大衣，打了一副短绑腿，戴了一顶草帽。我看他不太惊讶没有看到学生。他不想再听穆世博夫啰嗦——他第三遍报告那些不上自习的学生说的话：“如果索海尔先生需要我们，让他来找我们好了！”

然后，索海尔先生对我说：

“别看书了，拿上你的鸭舌帽，我们去帮他们找鸟巢……你能走那么远吗，弗朗索瓦？”

我表示可以。我们便离开了。

我们讲好穆世博夫走在索海尔先生前面作向导，模仿鸟叫作诱鸟笛……他熟悉这片树林，知道那些掏鸟巢的人在哪儿。他时不时地大喊几声：

“嗨！喂！德鲁士！日浩达！你们在哪儿？……有鸟巢吗？你们找到了吗？”

我非常高兴地接受了坚守树林东面边缘地带的任务，以防一些学生从这里逃跑。

在那张波希米亚人填补过的，茂那和我反复研究过的地图上，林子边上有一条窄窄的土路，一直通向那个地方。如果我今天早上能找到它……我开始相信中午前，我会在那条通往被遗弃的城堡的小道上……

多么美好的散步！……过了一个缓坡，绕过磨坊，我就离开了索海尔先生和叛徒穆世博夫。先生好像要去打仗。我相信他当时在兜里放了一把老枪。

我抄了一条近道，很快就到了林子边——这是我有生以来第一次只身一人来到郊外，像是一名下士和他的巡逻队失去了联系。

我现在想象着自己正处在那个神秘的幸福时刻降临的边缘，那是茂那在城堡的一天暗自感受到的那份幸福。我花了整个早上探察这片树林的边缘地带。这是这一带最凉爽、最隐秘的地方。与此同时，我的兄弟也正独自进行着他的探险。

我跳过林边小道尽头的篱笆，脚下像是一条干涸的河床。我从低矮的树枝下通过，却不知道这树的名字。我想它可能是桤树……

我发现在树林枝叶的掩蔽下，是一条蜿蜒曲折像河水在流动的道路。上面绿草如茵，我不时地踩到荨麻上，高高的缬草在脚下纷纷折断。

有时我的脚落在一片细腻的沙滩上走上几步。一片寂静中，我听到鸟的叫声。我想这是夜莺。但我可能搞错了。夜莺只在夜里唱歌，固执地重复着同样的调子。这是从树叶间飞出的清晨问候，是来这里旅行的令人愉快的邀请。我看不到它。它却执着地在树枝间陪伴着我。

这是第一次。瞧，我也在探险的路上了。不再是离开索海尔先生身边时，去寻找被冲上河岸的贝壳，也不是去寻找他不认识的红门兰；更不是寻找老马赫丹田里的泉眼——以前，我们经常要花很长时间找到的那口埋在密密的杂草里，用铁丝网罩着的、深深的、干涸的泉眼……

此时，你要找到更加神秘的东西：就是那条通道。那是那种你经常在一些书里读到的神秘的通道。古老的被树草遮蔽和堵塞的小道。书中王子筋疲力尽也不能找到入口。你寻找着，忘记了时辰……过了好久，可能快到十一二点的时候……花去了上午大部分时间，你发现，在繁密的树丛远处，在幽暗的绿荫深处，突然一簇强烈的光从一个小小的圆孔里射来。你下意识地抬起胳膊，双手遮住眼睛。

就在我充满期待和陶醉的时候，我忽然发觉自己已经从密不透风的树丛中走出，来到一片林间草地上。我曾经想象这块地方遥不可及，没有想到它就在村子边上。

这会儿，就在我右面两堆木垛之间，在幽暗处，有座在风中嗡嗡作响的守林人的小屋。两双袜子晾在小屋的窗台上。过去几年，每当我们走进身后这片林子，我们就会指着长长的、灰暗的林荫小道尽头的亮点说："就在那儿，那是守林人的房子。"

但是我们从来也没到过这儿。有那么几次我们听人讲起，仿佛在诉说一次非凡的远征。他一直走到那个叫巴拉耶小屋的地方！巴拉耶是那位守林人的名字。

这次，我独自冒险一直走到小屋，可是我还没找到我要找的。

我开始感到两腿疲惫无力，感到很热。这之前我还真没有这种感觉。就在我害怕要一个人从这条道回去的时候，我听到从不远的地方传来了索海尔先生的诱鸟笛穆世博夫发出的声音，还有喊我名字的声音……

我循着声音走了过去。这也是一片林间空地。有六个男孩在那里，只有叛徒穆世博夫得意扬扬，其他人有些垂头丧气——他们中有日浩达、奥贝热和德拉日……多亏了诱鸟笛，他们被发现了，有人正往空地上一棵孤零零的野樱桃树上爬，有人正从树上的鸟巢里掏绿啄木鸟。日浩达这个笨蛋，眼睛浮肿，穿着肮脏的外衣，正把雏鸟紧贴着肚皮藏进衬衣里。

在索海尔先生走到空地前，小伙子中的两人向林中跑去。他们可能是德鲁士和那个小高凡。他们边跑边嘲弄地喊着："穆世瓦仕"*，林子里回荡着穆世博夫这个羞辱的绰号。穆世博夫确信他会占上风，愚蠢、恼怒地向树上喊道：

"你们知道，你们只有下来了！索海尔先生在这里……"

突然所有人都没了动静。他们穿过林子悄悄地跑掉了。他们非常熟悉这儿，所以就不要想逮住他们了。没有人知道大茂那跑到哪去了。我们没有听到他的声音。我们不得不放弃继续寻找他们。

我们浑身泥土，疲惫地垂着头慢慢返回圣阿加特大道，已

---

* 穆世瓦仕（Mouchevache）是法语苍蝇（mouche）和奶牛（vache）两个词的组合，这里把穆世博夫（Mouchebœuf）换成穆世瓦仕有辱骂嘲笑的意思。

经是午后了。一出林子，我们就在干燥的路面上蹭着、甩着鞋上的泥巴。这时我们开始感到强烈的紫外线的照射。凉爽、阳光明媚的春天的早上已经过去了。午后镇子的嘈杂声响了起来。在公路旁废弃的农场里，一只公鸡有些凄厉的鸣叫声渐行渐远。走下一个缓坡，我们停了下来，和牧场吃完午饭回来干活的工人们聊了一会儿。他们把胳膊肘支在栅栏上，听索海尔先生讲早上发生的事。

“这些出了名的街头小混混！啊！看，日浩达。他把雏鸟藏在衬衫里。想想雏鸟会怎么折腾？一定是一塌糊涂，我得说！”

当工人们笑得前仰后合的时候，我似乎感到他们也在嘲笑我的失败。他们似乎或多或少地站在那些逃课的小伙子们一边。小伙子中的许多人工人们都很熟悉。索海尔先生自己也笑弯了腰。当他重新直起身子的时候，工人们向我们透露：

“他们中有一个回来时经过了这里，一个大个子，你们知道……他一定是遇到了格朗热的马车，驾车人让他搭了车。就在这儿，在格朗热小道入口，他下了车。他满身是泥，衣服也破了。我们告诉他今天早上看到你们经过。但是你们还没回来。他继续慢慢地走他的路，朝圣阿加特大道去了。”

我们走到格拉西大桥（le pont des Glacis）旁。大茂那正坐在桥墩上等我们。他看起来筋疲力尽。当索海尔先生问他时，他说他也去找那些逃课的学生了。我小声地问他找到了什么。他只是摇着头失望地说：

“没有！什么也没有！至少找到像那里的地方，也没有。”

午饭后，教室里空荡荡的。外面阳光普照。在教室阴暗、闷热的角落里，有些惆怅的茂那坐在一张大桌子旁，把头埋在胳膊里，睡着了。他睡了很长时间，睡得很沉。天快黑时，他醒了。在一段长长的深思之后，他似乎有了一个重要的决定。他给他母亲写了一封信。

这就是全部，我记得的那个沮丧、令人失望的一天结束了。

第10章

洗衣日

我们对春天的到来预计过早了。

星期一仿佛是在夏天，放学后，刚过下午四点，我们就马上想着去做作业了。为了能看得更清楚些，我们抬出两张大桌子放在了操场上。可是，天突然黑下来。一滴雨落在了本子上。我们匆忙撤回校舍。在昏暗的大厅里，透过大窗，我们静静地看着灰暗的天上翻滚的云。

茂那把手放在窗棂的拉手上，像其他人一样看着外面。他不停地说着。他无法不让那么多的遗憾洪水似地涌上心头。他感到很气恼：

“啊！那天我在路上驾着弗罗芒坦家马车的时候，天上的云没像这样快速飞动。”

“在哪条路上？”贾思曼问。

茂那没回答。

为阻止贾思曼进一步问话，我岔开话题说，我愿在这样的天气下坐在马车里旅行，瓢泼大雨，我在一把大伞下。

“一路上看书，就像在一所大房子里一样。”有人加了一句。

“天那时没下雨，我也不想看书，”茂那说，“我只想看着路上的景物。”

当日浩达又问，他说的是哪个地方时，茂那又一次沉默不语。贾思曼说：

“我知道……又是那次众所周知的历险！……”

他用了一种心中有数的和解语气说这句话，仿佛他有点置身于这个秘密中了。他想引出更多的话，没有得到回应。这是在浪费时间，他只能到此为止。夜幕降临，男孩子们脱下外衣顶在头上，在冰冷的大雨里，飞快地跑掉了。

雨断断续续地下着，直到又一个星期四。这个星期四过得比上个星期四更加令人郁闷。整个村子被寒冷的雾气笼罩着，像是冬季里最糟糕的那些天。

上个星期的阳光灿烂蒙骗了米莉。她洗了床单，可是空气变得又冷又潮湿。洗好的床单，无论是挂在花园的篱笆上还是谷仓的晾衣绳上都无法晾干。

因为这是星期四，在和索海尔先生讨论之后，米莉决定把床单晾在教室里。于是，她着手生起火来。炉子被烧得炽热。为节省厨房和饭厅用火，我们用教室的火炉烧饭。这样，我们要在大教室里度过一整天。

刚开始时，我兴奋异常——我当时还是个小孩子！—— 对我来说，这么安排很新鲜，感觉像是一个节日。

但是新鲜感很快就消失了。晾在火炉旁边的床单几乎吸走了全部热量，搞得教室非常冷。操场上，冬天那样的小雨淅淅沥沥无休止地下着。从早上九点钟开始，我就感到百无聊赖。在院子里我找到了大茂那。

我们把脸默默地贴在大门的门栓上，向十字路口望去。那是镇子里地势比较高的地方。这时，一支送葬的队伍从田间远处沿着大路走来。那口放在牛车上的棺材被抬了下来，放在了大十字架下的石板上。那里正是不久前肉店老板发现放哨人站岗的地方！他现在在哪儿呢？那位船长，那位为他的海盗们感到骄傲的年轻的船长……

这时神甫和唱诗班成员按部就班地站到了棺材旁。他们悲伤的歌声一直传到这里。我闷闷不乐地在想，这场送葬仪式会成为这一天里唯一的和让人伤感的事，它会像排水沟里泛黄的流水那样过去。

“现在，”就在这时茂那突然说，“我要准备一下我的行李。我没有告诉你，索海尔——我上个星期四写了一封信给我母亲，请求她让我回巴黎完成学业。我今天要离开。”

茂那把手放在和他一般高的门栓上，继续朝着镇子远方望去。我没有必要去问他母亲会不会同意他的请求。她很富有，从来不拒绝他；更没有必要问他为什么突然想离开这里去巴黎……

但是，我知道，他要离开圣阿加特——这座难忘的、他曾经出发去冒险的小镇。他一定感到很遗憾，甚至不安。而我感到一种不曾有过的凄凉。

“复活节快到了！”他叹了口气说。他的叹气似乎比这句话包含着更多的意思。

“你一旦找到她，会写信告诉我，不是吗？”我问道。

他把手放在我的肩膀上。

“当然，我保证。你不是我的伙伴和兄弟吗？”

我只有慢慢地接受这个事实：他想在巴黎完成学业。一切都结束了。我再也不会和我的茂那同学像这样站在一起了。

我们重逢的唯一希望是那个巴黎的地址，在那座巴黎的房子里，可能重新寻回那次迷失的历险的踪迹……但是看到茂那那么悲伤，对我来说，这是多么可怜的希望啊！

我父母被告知了这个消息。索海尔先生感到十分惊讶。但是，他马上接受了奥古斯丹的解释。米莉，作为这个家的主妇，当想到茂那的母亲会看到我们的房子里挂着潮湿的床单，在一片不寻常的混乱中，她特别感到歉疚……

茂那的旅行箱——唉！很快就会装好的。我们去楼梯底下找来了他星期日穿的鞋，在衣柜里找出他的几件衬衣；然后又找到他上课用的书和纸——这就是一个十八岁的年轻人在这个世界里拥有的一切。

中午，茂那的母亲驾着旧式马车到了。当马喂完草料套上车的时候，茂那陪着她去达尼埃尔咖啡馆吃了午饭。对于接他走，她没有作任何的解释。我们在门口送别他们。然后看着他们的马车转弯消逝在十字路口的转弯处。

米莉在门前擦了擦鞋。然后回到冰冷的饭厅里整理了一下被弄乱的东西。几个月以来，我还是第一次感到孤独。我要独自面对一个漫长的星期四的晚上，仿佛这辆老式马车刚刚带走了我的青春，它再也不会回来了。

第11章

我背叛了

我该做什么呢？

天气好转了些。太阳像是要出来了。

大房子里不知哪里的一扇门砰地响了一声。然后一切又恢复了平静。我父亲时不时穿过操场，提一桶煤来填火炉。我瞥了一眼晾在绳子上的被单，一点也不想回到那间变成晾衣房的、令人伤心的教室了。而我坐在这里，只是为了表示还想着考试。从现在起直到年底，师范学校的录取考试，是我不得不全力面对的事情。

在令人感伤的凄凉中，我感到一种莫名的轻松。这是一种奇怪的感觉。茂那走了，他没有结果的历险在这里结束了。我好像是从困扰着我的焦虑中获得了自由。我不再被卷入别人的神秘行动中了。茂那走了，我再不用跟随着那个爱冒险的迷路人的脚步了。我又变成了镇子里的一个顽童，和别的孩子一样了。现在的我很轻松，不用多努力，只要随着自己的心意就可以了。

我无所事事地站在操场上。罗伊家的老幺走在操场外泥泞的街上。他在头上抡着一根绳子，绳子一端绑着三个栗子，顺势把它们抛到了空中，飞过墙来，落在我的脚下。我百无聊赖，便从中取乐，把绑着栗子的绳子扔回了墙外，就这样来回扔了两三次。

突然，一辆运土车从那条维耶普朗士小道上过来了。他放弃了这个无聊的游戏，向运土车跑去，不等车停下来就快速地从后面爬了上去。我认出这是德鲁士家的马和小运土车。贾思曼驾着马车。胖胖的布佳东站在车上。他们正走在从牧场回家的路上。

“跟我们来，弗朗索瓦！”贾思曼喊道。他应该知道茂那走了。

我想为什么不呢？来不及给家里人留话，我爬上了颠簸的马车。我和其他人一样站在车上，紧抓住车厢的侧板。贾思曼把我们带到了德鲁士寡妇家……

我们走进这个既是杂货店又是小客栈的店铺后间。一缕白色的日光透过低矮的窗户滑落在放食品的白铁盒和装醋的木桶上。

胖子布佳东面向我们坐到了窗台上。他大笑着，面团似的身子抖动着，吃起了萨伏依饼干*。敞开的饼干盒放在木桶上，唾手可及。小罗伊高兴地咯咯笑着。一种不很真实的亲密关系在我们中间建立了起来。贾思曼和布佳东现在成了我的同伴。我的生命历程突然发生了改变。似乎茂那已经走了很久，而他的历险现在成了一个伤感的老故事。这个故事已经结束了。

小罗伊好不容易在一块木板下找到一瓶打开过的甜烧酒。德鲁士要我们每人都尝尝，可是只有一只杯子。我们只好共用这只杯子了。他们斟上酒，让我第一个喝，好像看出我不习惯猎人和乡下人的习俗，以为我有点儿降尊纡贵……这让我感到有些不太自在。大家刚刚谈起茂那。为了放松下来并找回自信，油然而生的一种强烈的欲望，使我炫耀地对他们讲起我知道的茂那的历险故事。这能伤害到他什么呢？他在这儿的历险不是已经结束了吗？

…………

我没有用心地讲述吗？我讲的故事没有得到我想要的效果。

---

* 萨伏依饼干（biscuits à la cuillère），一种轻巧、圆润、手指形状的饼干。相传在15世纪，意大利萨伏依王室的御厨创造了这款点心，以招待远道而来的法国国王。

我的同伴们并没有感到惊讶。看来没有什么会让这些乡下人感到惊奇。

“总之，那就是一场婚宴！”布佳东说。

德鲁士说，他在普雷韦朗热*见到过这样让人惊艳的喜宴。

哪座城堡？应该很容易找到听说过那场婚宴的人。

哪位姑娘？茂那服完兵役后会和她结婚。

“他应该和我们讲一讲，给我们看他的地图，而不是把这件事透露给一个波希米亚人！……”他们中的一个说。

我为我的失败感到尴尬。于是，我想再试试引起他们的好奇。我决定解释一下：那个波希米亚人是谁，他从哪里来，以及他的奇特遭遇……布佳东和德鲁士这时什么也不想听了。

“这一切原来是他干的。他一来就站在茂那的对立面，是他让茂那变得孤僻高傲。他把我们一大群人强拉过去，搞了那场愚蠢的、海盗式的夜间偷袭——茂那是一个多么勇敢的同伴！……”

“你知道，”贾思曼轻轻地摇头，他一边说一边看着布佳东，“是我揭发了他，报了警。看吧，这个人在这里做的一切都是在制

* 普雷韦朗热（Préveranges），法国谢尔省的一个市镇。

造麻烦，并且他可能会做得更多……”

我几乎同意了他们的观点。如果我们没有如此神秘地处理这件事、如此悲剧性地看待它，一切都可能会进行得很好。那个丢掉了一切的弗朗兹搞砸了所有的事。

这时，店铺里突然传出了一阵嘈杂声，打断了我的思绪。贾思曼·德鲁士马上把小烧酒瓶藏到一只桶后。胖子布佳东从窗台上滚下来，脚踩在一只满是灰尘、滚动着的空瓶子上，两次差点扑倒在地上。为了快速逃出去，小罗伊从后面推开他们，他笑得喘不过气来。

不清楚发生了什么，我也随着他们逃了出去。我们穿过院子，一个接一个地爬上一只梯子，进入了装满干草的谷仓。我听到一个女人的叫嚷声，她骂我们是些无用的饭桶！……

“我没想到她会回来这么早。”贾思曼小声地说。

我这时才明白我们乘人不备进来偷吃了饼干和甜烧酒。我很失望，我像一名海上遇难的水手，一个人在船上，以为自己正在和一个人聊天，可是突然间意识到那是一只猴子。我只想离开这个干草棚，因为刚刚发生的事情让我很不愉快。天色已大黑……他们示意我从谷仓后面走。穿过两个花园，绕过一个池塘，我又走在了潮湿泥泞的街面上。街面反射出达尼埃尔咖啡馆发出的微光。

我对自己这个晚上的表现很不满意。我来到十字路口，不经意间——突然，我又看见一张倔强的脸，兄弟般地冲着我微笑，一个最后的招手——然后马车消失了……

寒风拍打着我的外衣，犹如刚刚过去的冬天的风——那个美丽而伤感的冬天。现在我知道这件事将不会像我想象的那么简单。

在大教室里，大家正等着我吃晚饭。突然而至的穿堂风刮去了火炉的温热。我发着抖。大家指责我在外面乱跑了一下午。因为不在饭厅，我不能像往常那样在温馨的餐桌旁我固定的位子上就餐。在昏暗的教室里，大家随便找地方坐下，把盘子放在膝盖上。我默默地吃着在平底锅上烙好的饼。烧红了的炉盖上，锅里的饼烙糊了。这样的烙饼应该是这个星期四不得不在教室里用餐的特殊补偿。

晚上，我一个人在我的房间里。为抑制从忧伤的内心深处涌上来的悔恨，我睡得很早，可是夜里两次醒来。我相信听到了屋里有响声。第一次是茂那突然翻身时旁边床板发出的咯吱声。另一次是他在阁楼深处像窥测猎物的猎人那样轻轻地来回踱步的声音……

第12章

茂那的三封信

在我一生中只收到过茂那的三封信。它们现在还放在我家五斗橱的抽屉里。每次我重读它们，都会唤起伤感。

他走后的第三天，我接到了第一封信。

我亲爱的弗朗索瓦：

我今天一到巴黎，就去了那个地方。我什么也没看到。没有一个人在那里。不会有任何人在那里。

弗朗兹讲过的在巴黎的家，是一所二层的楼房。德·卡莱小姐的房间应该在二楼。那一层的窗户都被树遮住了，从楼下望去，显得很隐蔽。但是如果你从人行道走过，还是能很清楚地看到它们。所有的窗帘都是拉上的。我发疯似地盼望着：有一天，有一扇窗帘拉开，伊冯娜·德·卡莱的面容会出现。

这是在林荫大道上。天下着小雨。树已经变绿了。你能听到有轨电车不断通过发出的铛铛声。

在差不多两个小时里，我在窗下来回走着。路旁有一家卖葡萄酒的商店。我进去喝了一点儿酒，没喝太多，这样人们会明白我不是个买醉的无赖。之后我又无望地回到了楼房的前面。

天变暗了。差不多周围所有房子的窗户都亮起了灯，但是这所房子的灯还是没有亮。肯定里面没有人。可是，复活节快到了。

我只好走了。这时，一位姑娘——或者说一位少妇，我不能说清——走过来坐在被雨淋湿的长凳上。她穿着有白色细布绉领的黑色外衣。当我离开的时候，她还在那里一动不动地坐着，尽管入夜天气渐冷。她在那里等什么？等谁？我不知道。你看，巴黎有好多像我一样的疯子。

奥古斯丹

时间又过去了一些。从星期一复活节到这之后的几天里，我徒然地等着奥古斯丹的信。狂热的复活节之后的日子是那么安静。

看来不再有什么可盼望的了，只有等着夏天来临。可怕的、炎热的6月是考试的季节。令人窒息的湿热笼罩着这个地方，仿佛天空盖着毯子，风穿不透。夜晚没有带来一丝凉意。我们一直在炎夏的煎熬中。就在这个无法忍受的6月的一天，我收到了大茂那的信。

我亲爱的朋友：

这回所有的希望都落空了。昨晚我知道了一切。我的痛苦变得越来越强烈，而最初听到这些时几乎没有感觉。

每天晚上我都过去坐在那张长凳上。我等待着、深思着，不管怎样依然期盼着。

昨天，吃完晚饭后，天色变暗，空气很沉闷。人们在人行道上散步，在树下闲聊。三楼和四楼房间里的灯亮了。夜幕下，灯光打在两层楼高、黑黝黝的树冠上，照亮了树顶的绿色枝叶。一扇窗户大敞着……我看到窗后桌上有一盏点亮的台灯，像是在竭力驱赶夜色中6月的炎热，在这盏小灯的照射下，我几乎能看到房间的紧里头……啊！如果伊冯娜·德·卡莱房间里的那扇漆黑的窗户亮了，我想我会走上楼，敲门，进去……

那个我跟你讲过的女孩也在这儿，像我一样等待着什么。我想她应该熟悉这所房子。我决定问问她。

“我听说，”她回答，“以前，在这所房子里，一个女孩和她兄弟来度过假。但是我听说，她哥哥从他们父母的城堡中跑了出去。人们再也没能找到他。那个女孩后来结婚了。这就是为什么这所房子一直关着门，没有人。”

我起身离开，走了几步，脚绊到了人行道上，差一点儿摔倒。那个晚上——就是昨天晚上——当院子里最后没有了女人们和孩子们的动静，我希望能入睡的时候，开始听到街上四轮出租马车轮子滚动的声音。一辆辆车间隔很长。一旦一辆过去后，我就不情愿地等着另一辆经过。铃声，马踏在柏油路上发出的咯嗒咯嗒的声音……如果用文字来解读这些声响，那就是：荒凉的城市，你失去的爱情，无尽的夜，夏季，酷热……

索海尔，我的朋友，我很痛苦。

奥古斯丹

6 月，189... 年

这封信里没有详情。茂那没告诉我为什么他沉默了如此长的时间，也没有说他现在想要做什么，他的历险结束了。我有种绝交的感觉，就像他和过去绝交了一样。我白费心思想和他保持联系，我给他写了封信，却没有收到回信。只是在我得到小学初级班教师资格证书时，收到了他祝贺我得到证书的、只有一句话的便条。9 月我从一位同学那儿得知，在假期里，他回到了他母亲在拉费尔泰-当吉永的家。其实这个夏天，我们去了老南赛 * 度假。住在那儿的姑父弗洛翰丹邀请了我们。而茂那当时已回到了巴黎。我没能见到他。

11 月底，开学了。新学期带来的淡淡的热情，使我收下心来，我要为高级班教师资格证书 ** 的考试作准备。我盼望着明年能被任命为高级班教师。这样就不用去布尔日师范学校上学了。就在这时，我收到了一直没有收到的、茂那三封信的最后一封：

我又从那扇窗底下经过。我还在等，没有希望的发疯似

---

* 老南赛和拉费尔泰-当吉永在圣阿加特以北，两个地方离得很近。

** 高级班教师资格证书是教授中级班和高级班课程的资格证书。为取得这个证书，通常要在师范学校里备考。

CE
SO
GRA
REPR
LE
TH

3
HOTEL
NOCES ET
RIE.

SALLE
AU 1er
AVABO

地等待着。深秋里几个星期日寒冷的傍晚，天色渐渐变暗，我下不了离开的决心——回去关上窗栅板，不再来这里，不再回到这条结冰的街上。

我像那个圣阿加特的疯女人。为了看到她回不来的死去的儿子，她每隔一分钟出去一次，站在门前的台阶上，手遮在额前向火车站那边张望。

在我可怜兮兮地坐在长凳上，打着寒颤的时候，我一直遐想着：有人过来轻轻地挽起我的手臂……我转过头来……“我来得有点儿迟。”她说得很自然。她的温柔会融化我所有的悲伤和疯狂。我们一起回家。她走进屋，带着傍晚薄雾的气味。她的裘皮外衣结了霜，帽子下的短面纱湿了。她走近燃着的壁炉。我看到她结了霜的金黄的头发闪闪发光。火光从侧面映出她美丽脸庞的轮廓，从一旁看去那样温柔……

唉，窗玻璃在窗帘的映衬下一直呈白色。可是，就算现在那个迷失的领地里的姑娘打开窗户，我也没有什么对她说的了。我们的历险结束了。整个冬天我像是在坟墓里。也许在我们要面临死亡的时候，死亡才会给我们一把解开秘密的钥匙，会给我们一个续篇，会给我们一个失败的历险的结尾。

索海尔，我请你在往后的日子里想起我。相反，你现在最好把我忘了，最好把一切都忘了。

…………

A.M.

又是一个冬天，同样的死气沉沉，像上一个冬天——教堂广场上没有了波希米亚人；到下午四点，男孩子们就逃离了操场……我一个人在教室里，无精打采地坐在书本前……本来生活是那样神秘而充满活力。

2月，下了第一场雪。雪永久地埋葬了我们浪漫的历险故事，模糊了所有的线索，抹去了最后的痕迹。而我强迫自己像茂那信里请求的那样：忘掉一切。

第三部分

第1章

游　泳

村里那些染上了抽烟习气，把糖水浇在头上做发卷的劣迹男孩们，有时会等在小道上，随时准备冲上去拥吻补习班*的女孩子们。要么，他们就躲在篱笆后，一看到修女走过来，马上呼叫“戴修女帽的！”

这都是这个地方淘气鬼喜欢做的事。不过那些男孩到了二十岁左右时，非常可能改邪归正。有些人会变成富有同情心的年轻人。而有些人，当他的脸见老褪色时，当他专注于这地方女人的暧昧故事时，当他讲村里少女吉尔伯特·波克兰的上千个蠢事取乐时，情况会变得更糟，但最终还不会太令人失望……

这就是贾思曼·德鲁士当时的样子。他一直这样，我不知道为什么。在高级班里，他肯定没有任何希望过考试了。因此大家

---

* 法国学生在拿到小学文凭后可以进补习班。补习班教授的是为获得小学教师资格证书作准备的课程，学生在十三四岁之间。

都等着看他放弃学业。在这段时间里，他跟他叔叔迪马学会了粉刷工的本事。不久，他和布佳东，还有一个很安静的男孩——那个叫德尼的助教的儿子，都成了我喜欢来往的、仅有的几个年龄大的学生，因为他们是从茂那那个年代过来的。

另外，德鲁士有一种很真诚地想成为我朋友的愿望。说实话，他曾经是大茂那的敌人。他当时想要取代大茂那在学校里的位置，至少他可能后悔没有成为他的副官。他比布佳东要灵活些。我想他感受到了，在我们的生活中，所有那些茂那带来的不同寻常的变化。我经常会听到他重复地说："他可是讲过的，大茂那……"或者"啊！大茂那说过……"

并且贾思曼比我们更男子汉一些。这个老男孩有一些好玩的宝贝。他用这些宝物向我们展示他所拥有的优势。一只长白毛混种狗，当你叫它那个让人厌烦的名字"贝佳丽"时，它会应答你。它会捡回那些我们扔到远处的石子，除此之外就没有什么明显的运动特长了。一辆二手自行车，晚上放学后，贾思曼有时会让我们骑上它。但是他更愿意用他的自行车去教村里的女孩学骑车。最后，特别是那头白色的瞎眼驴，它能套在所有的车子上。

这是迪马的驴。每当我们夏天要去谢尔河游泳时，他就把驴借给侄子贾思曼。贾思曼的母亲会给我们一瓶柠檬水。我们把它放在车座下，裹在干燥的游泳裤里，然后就动身了。十来个年龄大的学生由索海尔先生领着。一些人步行，另一些人爬上驴车——那辆我们套上那头驴的车。在谢尔河小道变成深深的沟壑的时候，我们会把那辆车留在大丰农场。

一次远足去谢尔河游泳，给我留下了深刻的印象，甚至一些小细节我至今还能想起。贾思曼的驴载着索海尔先生、我们的衣物和一瓶柠檬水。我们步行跟在后面，去了谢尔河。这是 8 月时节。我们刚刚考完试，摆脱了考试的焦虑，似乎这个夏天所有的幸福都属于我们的了。这是一个美丽的星期四午后，我们边走边唱，不知道唱的是什么，也不知道为什么要唱。

路上，一个天真无邪的影子走进我们的视线。吉尔伯特·波克兰走在我们前面。她有一副好身材，穿着一条半长不短的裙子，高跟鞋，一副调皮的、成了大姑娘的既温柔又有些放肆的样子。她大概要去农场取牛奶。她离开了我们，从大路拐到一条小道上。小高凡马上建议贾思曼跟上她。

“这不是第一次我要去亲她了……”贾思曼说。

当我们虚张声势地跟进了小道，留下索海尔先生和那头驴沿着大路，继续往前走的时候，贾思曼讲了许多关于波克兰和她的朋友的放荡故事。但这没有勾起我们多少追逐的热情。

一群人一进小道就起了争执。德鲁士本人似乎并不忌讳在我们面前向那个正在疾走的女孩发起攻势。他在离她不过五十米的地方。在几声模仿公鸡和母鸡的鸣叫和挑逗的口哨之后，我们返回到大路。由于放弃了那场好戏，我们感到有点不太自在。大路上，阳光普照，我们停止了唱歌，不得不跑步追赶索海尔先生。

在谢尔河边，我们在干枯的柳树林里脱掉衣服，穿上泳衣。柳树遮住了人们的窥视，但是遮不住阳光。脚踩在沙子和结块的泥巴里，我们一心想着那瓶在大丰农场喷泉里冷藏着的、德鲁士寡妇的柠檬水。那是谢尔河边的一眼泉水，往深深的泉底看，能看到浮动的青草和两三个看上去像潮虫的东西爬来爬去。但是水是那么清澈，透明。那些钓鱼的人会毫不顾忌地跪下来，趴在泉边，探头直接饮用。

唉，那天就像往常一样……我们穿好衣服。为分到一份用两只无脚大玻璃杯盛着的凉爽的柠檬水，我们围成一圈，盘腿而坐。大家请索海尔先生先喝了他那份。剩下的柠檬水只够每个人润润嗓子。这反倒加剧了口渴。我们只好轮流在那口我们原来不屑一顾的泉子上边喝水。我们弯下身，慢慢地把脸贴近清澈的水面。不是所有人都习惯这里乡下人的喝法。因此很多人像我一样，不能解渴。有些人不喜欢喝泉水解渴。有些人害怕生吞了虫子，担心会使他们的嗓子发紧。有些人则上了静静的、透澈的泉水的当，没有摸准脸到水面的距离，结果半张脸扎到水里，鼻子呛了水受了强烈的刺激。而有些人最终会把这些别扭全尝一遍……但不论怎样，在谢尔河燥热的岸边，似乎整个世界的凉爽都聚在这口小小的泉眼里。直到现在，无论在什么地方，只要我听到“泉”这个词，就会想起这眼泉水，而我的思绪会停留在这个地方。

黄昏时，我们往回走了，无忧无虑像来时一样。大丰农场的那条通往大路的小道，冬天会变成一条小溪，而夏天是一处无法通行的隘谷，满是坑和树桩，在成排的大树之间蜿蜒曲折。一部分来游泳的男孩子在坑坑洼洼的地方玩起了挑战困难的游戏。我们——包括索海尔先生、贾思曼和别的同学，沿着一条松软的沙子小径走了。这条邻近田野边的小径和去大丰农场通大路的小道平行。在德鲁士侃侃而谈他的成长故事的时候，我们能听到附近的闲聊声和笑声。就在我们下方，树荫下看不见的地方……树冠上，晚上的昆虫嗡嗡作响。在还不十分暗的天空中，我们能看到它们。昆虫们在树叶边缘抖动着翅膀，有时它们中的一只猛地从一片叶子上冲下去，在嗡嗡声中突然发出一声尖锐得刺耳的叫声——晴朗、安静的夏天傍晚啊！……我们在一次索然无味的乡村小郊游后往家走，没有向往，也没有期许……

又是贾思曼在无意中打破了这份清静……

在到达山坡顶时，我们看到两块年代已久的大石头。据说是城堡的遗迹。德鲁士开始讲起他曾经去过的那些领地。特别是，在靠近老南赛那儿有一个已经废弃了一半，叫萨布洛尼埃的领地。德鲁士带着阿列省*的口音，假模假式地说着。他的口音夸张地让某些词的发音变成卷舌音，并矫揉造作地缩短一些词的读音。他说几年前在这个地方倒塌的小教堂里，他看到过一块墓碑，上面刻着一些字：

伽罗瓦骑士长眠于此

忠于上帝、国王和他的情妇

---

* 阿列省（Allier），法国的一个省，位于法国中部，阿列省的名字来自横贯该省的阿列河。

"不会吧！真的？"索海尔先生轻轻地耸了耸肩说道。虽然他对我们这种说话的声调略感不适，但他不愿阻止我们装腔作势像大人那样说话。

于是贾思曼继续讲述那座满是疑团的城堡，仿佛他在那儿度过了半生。

他说，好几次，在从老南赛回来的路上，迪马和他惊奇地瞥见在松树林上方有一座古旧的灰色小塔楼。树林的中心地带，整个被一些破败的房子组成的迷宫占据。主人不在的时候人们可以参观这些房子。一天，这地方的一位留守人让他俩上了他的马车，载着他们进入了这片神秘的领地。他那天对他们说，人们把这里几乎所有的房子都推倒了，好像只剩下一片农场和一座小别墅，一位半残疾的老退伍军人和他的女儿一直住在里面。

他讲着、讲着……我认真地听着。没有意识到这与一个我熟知的故事有关。忽然，既简单又自然，贾思曼像冥冥中受到了启示，又像被一个新奇的念头击中，他朝我转过身，杵了一下我的胳膊。

"瞧，可是我在想，"他说，"就是那儿，茂那——你知道，那个大茂那 —— 应该去了那儿！"

“就是那里，”他加上了一句，我并没回答他，“而且我记得那个留守的人讲到了那个房主的儿子，一个奇特的人，有很多非凡的想法……”

我没再听下去，我知道他猜对了。这条路就在我面前。这条通往无名领地的路从这里展开，可它离茂那，离所有的期望都很遥远。它是那么清净，那么容易找到，就像一条我本来熟悉的大路。

第 2 章

在弗洛翰丹家

我一直是一个矜持、不快乐和爱梦想的孩子。当我意识到这次历险的新篇章由我来打开时，一夜间我变成了有主见的人，就像大家说的那样，我扮演着主事人的角色。也正是从那天晚上起，我的膝盖终于不再疼了。

老南赛是萨布洛尼埃领地所属的镇子。我父亲的亲戚都住在那儿。特别是我的姑父弗洛翰丹，他在那里有一家大杂货店。我们有时 9 月底会去他家。现在考试结束了，我等不及了。在得到允许可以马上去姑父家时，我决定在不确定可能有好消息之前，什么也不对茂那说。说了有什么用呢？难道此时让他摆脱绝望，是为了之后让他陷入更深的绝望中吗？

很长一段时间里，老南赛是我在这个世界上最喜欢的地方之一，是假期末尾的好去处。可是，我们很少去。只是当有一辆租赁马车能把我们送到那儿的时候，我们才去。以前我们家和住在老南赛的那支子亲戚有些不和睦。这可能是米莉每次在上马车去那儿之前要做一番祷告的原因。我其实也对大人们的龃龉不和感到不安。但是，我一到那儿，就沉迷在许许多多让我高兴的、好玩的消遣和娱乐中。我总是在老南赛的长辈、表兄弟和表姐妹们中间蹦蹦跳跳地玩耍着。

我们住在弗洛翰丹姑父和朱莉姑母家。他们有一个儿子菲尔曼——和我年龄一般大；有八个女儿，两个年长的是玛丽-路易斯*和夏洛特。她们可能有十七岁和十五岁。他们包罗万象的大商店坐落在镇子的一个入口，在教堂对面。所有索洛涅地区比较偏远地方的城堡主兼猎手们都来这里买东西。这些人从离商店最近的火车站到这里也要有三十公里的路程。

姑父这家店有食品、印花棉布和别的商品分设的柜台。许多窗户朝向大街。玻璃门面向教堂广场。说来也怪，这里所有店铺里的地面都是人们踩出来的硬地，而不铺地板，在这个不太繁华的地方这种地面还比较普遍。

商店的后面，有六个房间。每个房间各装一样商品：装帽子

---

* 法语人名中如遇复姓和复名，两个组成部分之间用“-”连接。玛丽-路易斯在这里是复名。

的，装园艺用品的，装灯的…… 我带着孩子的好奇，穿行在这些货物堆成的迷宫中，不知疲倦地看着琳琅满目的商品。而现在长成大人的我，仍然觉得只有那个地方，我才能度过真正的假期。

姑父一家人起居大部分时间都在一间大饭厅 * 里，饭厅与商店有一扇门相通。9 月底，饭厅壁炉里会升起很旺的火，照得满屋闪闪发光。起床的女孩子们跑着，喊着，从她们平顺的头发里散发出淡淡的清香。那些来弗洛翰丹家卖野物的猎手——其中不乏偷猎者——一大早就来这里喝酒了。墙上的老照片，泛黄的师范学校学生照中有我的父亲。我们花了很长时间才在中间位置认出穿制服的他。

上午，我们几乎都在大饭厅里度过，有时也会在院子里。那里，弗洛翰丹种了一些大丽菊，养了一些珍珠鸡。我们坐在小货箱上，烘焙咖啡。仍然是在院子里，我们打开箱子，那里面装着精心包裹的各种玩意儿。我们甚至叫不出这些东西的名字……

整个白天，农民和邻近城堡的马车夫都会涌到这家商店。在 9 月的雾气中，从遥远的村子过来的两轮运货马车停在玻璃门旁，

---

* 法语 Cusine 是厨房的意思，这里意译为饭厅。

雾气凝结成的水从车上直往下滴。饭厅里，我们好奇地听着从商店传来的农妇们喋喋不休的声音……

晚上八点后，我们会拎着提灯，抱着干草去马厩。马儿们静静地站在里面，身上的温热遇到晚上的寒气，像从皮毛里冒出了蒸汽。这之后，整个商店都是我们的了！

玛丽-路易斯是姑父家几个矮小些的女孩子里的一个，不过在我的表姐妹中她是年龄最大的。在她把店里长长的布料卷好，放在货架上之后，她会喊我们，让我们过去玩。于是菲尔曼和我带上其余的女孩子跑进店铺。店里有一盏从天花板上垂下的小客栈用的那种灯。在它的光亮里，我们打开机器，研磨咖啡，跳到柜台上表演杂技。坚实的土地面撩人跳舞，有时菲尔曼会从阁楼取来一支锈色斑斓的老长号……

可在想到一件事时，我还是会脸红。德·卡莱小姐在以前的假期里，可能也是晚上的这个时间来过这儿。她可能无意中走进来，看到了我们幼稚的行为……

但是今年 8 月的一个晚上，刚好天黑前，我正安静地跟玛丽-路易斯和菲尔曼闲聊，第一次见到了她……

在到老南赛的那天晚上，我就已经迫不及待地询问过弗洛翰丹关于萨布洛尼埃领地的情况了。

“那个地方不再是一个领地了。”他说，“他们把那里全卖了。而那些买主，为了扩大他们的狩猎地盘，推倒了那些老建筑。中心庭院现在变成长满欧石楠和荆豆的荒野。原来的主人只留下一幢二层楼小别墅和农场。你会有机会在这儿看到德·卡莱小姐的。她自己过来采购，有时骑马来，有时驾马车来。马总是那匹老贝利撒留*……你从没见过那么古怪的车马！”

我的脑袋混乱起来，以至于不知道问什么问题了，虽然很想知道更多的事情。

“他们过去一定很有钱吧？”

“是的，德·卡莱先生为让他儿子高兴总搞一些派对。一个奇特的男孩，有很多离奇的想法。这位老绅士尽其所能博他一笑。他们邀请一些巴黎的女人，一些从巴黎和其他地方过来的年轻绅士……

整个萨布洛尼埃当时正在走下坡路。德·卡莱夫人快要不

---

* 贝利撒留（Bélisaire）是东罗马帝国皇帝查士丁尼一世麾下大将，北非和意大利的征服者。这里用作马的名字。

行了。他们仍然试图让弗朗兹·德·卡莱开心，满足他所有的怪念头。那是去年冬天——不，是另一个冬天——他们办了一场最大的盛装派对。他们邀请的人里有一半巴黎人，一半乡下人。他们买来或租来好多漂亮服饰、马匹、船和玩具，都是为了让弗朗兹·德·卡莱高兴。也许他要结婚了。他们在那儿庆祝他订婚。不过，他的确太年轻了。突然一切都结束了。他出逃了。从此我们再也没有看见过他……城堡的女主人死了。顷刻间，撇下了德·卡莱小姐一个人和她父亲，那位老舰长。”

“她没结婚？”我最后问道。

“没有。”他说，“我没听说过。你会向她求婚吗？”

我很不安，简短并尽可能谨慎地说出，我最好的朋友奥古斯丹·茂那可能是一位求婚者。

“啊！”他笑了，“如果他不介意一个没有财产的未婚妻！那是一位漂亮姑娘……需要我跟德·卡莱先生讲明吗？他有时会远道来这儿，找一些猎枪的小铅弹。我总要让他尝尝我的老烧酒*。”

我马上恳求他什么也不要做，等着。我自己不会急于告诉茂

* 用葡萄渣酿造的酒。

那的。这么多的好消息扎堆让我有点担心。这份担心让我决定在没有亲眼看到那位姑娘之前，什么也不会和茂那讲。

我没有等很长时间。第二天晚饭前，天渐渐黑了下来，寒雾袭来，与其说是 8 月还不如说是 9 月。商店这会儿没有顾客，菲尔曼和我走进里面，趁空闲，找玛丽-路易斯和夏洛特聊天。我向他们说明了这次提前来老南赛的秘密。我们倚着柜台或坐在柜台上，两手拄在漆木上，交谈着我们所知道的那位神秘女孩的故事。故事还没讲多久，外面车轮的嘈杂声让我们抬起了头。

“那个，看，那就是她。”他们小声地说。

几秒钟之后，在玻璃门前，一辆奇特的马车停了下来。那是一辆圆弧形车厢上有压花图案的农场老马车。在这个地方，我们好像从没见过这种马车。一匹老白马，当它低头走路时总像要吃路边的草。在马车驾座上坐着的那位姑娘——我说出，用我一颗单纯的心，可能这样说太直率，但我很清楚我说的——可能是这个世界上绝无仅有的最美丽的姑娘。

我从没见过这样优雅、庄重的神情。身上的衣服衬出她苗条的身材，看上去似乎有些柔弱。在进商店后，她把肩上的棕色大披风脱了下来。在年轻姑娘中她是最显庄重的，而在女人中她又是最显柔弱的。厚厚的金发沿着额头两边和端正、清秀的面庞垂下。在她纯净、白皙的脸上，夏天的阳光晒出两块雀斑。她这么美，只有一点微瑕：在她露出悲伤、沮丧的神情或是在她深思的时候，她的脸泛起大理石纹理那样的微微红色，而我们不知道那是很不好的病态。此时，所有一见倾慕之情多出一种怜悯和同情，为这次意外的相遇平添了一份凄美。

这是我从德·卡莱小姐从马车上慢慢下来，到玛丽-路易斯大大方方地把我介绍给她，促成之后的谈话时看到的。

我们搬给德·卡莱小姐一把漆木凳。她坐了下来，背靠在柜台上，我们站着。

德·卡莱小姐似乎非常熟悉和喜欢这家店。我姑母朱莉知道她来了，马上赶了过来。朱莉双手交叉放在肚子前，像一位乡下小店女主人的样子，细声细语地和她说起话来，时不时地，轻轻点着戴白软帽的头。朱莉和她的聊天拖延了我们开始谈话的时刻——那个有点让我惊惶不安的时刻。

德·卡莱小姐非常自然地和我搭起话来。

“那么，”她说，“您很快会成为老师啦？”

朱莉点亮了我们上方的陶瓷灯。微微的灯光照着店铺。我注视着姑娘那张温柔的、孩子般的脸，那双淳朴的蓝眼睛。让我想不到的是她纯净的声音里带着一种既坚定又严肃的声调。当她停下讲话时，她的眼睛看着别处，轻轻地咬着嘴唇，等着回答。

“我也想教书，”她说，“如果我父亲不反对，我想教那些男孩子们，像您母亲那样……”

然后她微笑着透露出我的表亲们对她说起过我。

“您看，”她接着说，“村民们对我总是彬彬有礼，很温和。他们很乐于帮助我。我真的很喜欢他们。可是我有什么本事？能为他们做点什么呢？……”

“大人们对女教师的态度，您不觉得，他们有时会很无理吗？他们总是抱怨——孩子的笔杆丢了，练习本太贵，他们不学习……好吧，我会和他们辩论，我相信他们还是会喜欢我的，即使这做起来不会太容易……”

然后，她又回到了孩子般出神的样子，不苟言笑。她的蓝眼睛静静的，一动不动。

她轻松地捡起一个敏感的话题，使谈话进行得很深入。她对现状有敏锐的观察——我们通常会在书里看到这样的范儿。在片刻沉默中，我们三个人感到有些尴尬。之后，我们的讨论又慢慢地恢复了……

然而，德·卡莱小姐的话语中现出一种遗憾和幽怨，像是在反抗着不为人知的、藏在内心深处的隐私，她接着说：

“我会教孩子们怎样变得更聪明，传授给他们我所理解的智慧。我不会鼓励他们周游世界的欲望，就像您可能要做的，索海尔先生，当您成为老师的时候。而我要教孩子们去寻找身边那些他们还没有看到的幸福……”

玛丽-路易斯和菲尔曼像我一样听得出神。我们呆在那儿，一个字也说不出。她感到了我们的不自在，停了下来，轻轻地咬着嘴唇，低下头。然后，她的脸浮现出微笑，好像在嘲笑我们：

“就这样。可能有一个疯狂的大男孩正在这个世界的尽头寻找我。而此时在这盏灯下，我在这里——弗洛翰丹女士的商店里。我的老马正在门口等着我。如果那位年轻人看见我在这里，他不会相信他的眼睛。您不这样想吗？……”

她的笑容给了我胆量。我感到是说话的时候了，也微笑着：“也许我认识这位疯狂的大男孩。”

她深深地注视着我。

这时门铃响了。两位老太太拿着篮子走了进来。

“到饭厅来，这里比较安静，你们可以来这里聊天。”朱莉推开饭厅门对我们说。

德·卡莱小姐谢绝了她，因为她想马上走。我姑母说：

“德·卡莱先生在这儿，在炉火旁。他和弗洛翰丹聊天呢。”

大饭厅壁炉里，即使在8月，也总会有一捆燃烧得噼噼啪啪作响的冷杉木。这里也有一盏点亮的陶瓷灯。一位老人沉默地坐在弗洛翰丹身旁。他们面前放着两杯烧酒。老人柔和、光洁、凹陷的面颊显出疲倦，似乎不堪岁月和记忆的重负。

弗洛翰丹招呼道：

“弗朗索瓦！”他用集市商人的大嗓门喊着，好像在我们之间隔着一条河或好几亩地似的：

“下周四下午，我要在谢尔河边搞一场派对。请大家来打猎、钓鱼、游泳，喜欢跳舞的来跳舞！我们也希望您来，小姐。您骑马来吧！我已经和德·卡莱先生说定了。我已经安排好了……”

“啊，弗朗索瓦！”他又说道，好像他刚想起，“你可以把你的朋友带来。茂那先生……他是叫茂那吧？”

德·卡莱小姐站了起来，脸色突然变得苍白。而正是在这时，我想起茂那。在那个奇异的领地，在池塘边，他对德·卡莱小姐说出了他的名字……

当她朝我伸出手要离开的时候，似乎在我们之间有了一份不需用语言表达却胜似千言万语，只有死亡才能销毁的秘密协定和一份比爱情还要哀婉动人的伟大的友谊。

第二天早上四点，菲尔曼敲响了我住在珍珠鸡场院里的房间门。天还黑着，我费力地找到我的东西。它们和几个铜烛台、几个全新的小圣像一起放在桌子上。铜烛台和小圣像是之前从店里选来，为我装点房间的。院子里，我听到菲尔曼在给我的自行车打气。朱莉在厨房里往炉膛里吹风点火。我离开时，太阳刚刚升起。白天里我会很忙。我要先到圣阿加特吃午饭并且解释我要推迟归期。我希望在傍晚前赶到拉费尔泰-当吉永——我的朋友茂那的家。

第3章

一次显圣

我从来没有骑自行车走过远路。这是第一次。有很长时间了，尽管我的膝盖有伤，贾思曼还是偷偷教会了我骑车。对一个爱运动的年轻人来说，自行车是一个很好玩的交通工具。而对一个像我这样——不久前腿还拖着走，骑上三公里汗水会湿透衣服的人，骑自行车可就不是好玩的事了！

但现在，我骑在车上从高坡上往下，一直滑到谷底。我脚下的路，从上面看好像张开了翅膀舒展开来，鲜花盛开。转眼间我穿过一座村庄。村子的景物尽收眼底。以前，只有在梦里，我有过这样充满诱惑、轻松和愉快的行程。下坡路让我充满了活力。这是那条通往茂那家村子的小道。我一路陶醉其中……

“镇入口前面一点，”茂那曾向我这样描述他的村子，“我们会看到一架大桨轮风车随风旋转……”他说不知道风车是做什么的，或许他装作一无所知，以此引起我更多的好奇。

日暮时分，我看到那个硕大的风车轮子。在一片一望无际的牧场上，它在风中旋转着。这应该是给庄稼地灌水用的。牧场一排排杨树的后面，露出镇边的房子。沿着弯曲的池塘边缘，人们修了一条路。我骑行在上面，风景渐次扑面而来，犹如绽放的花朵。我来到桥上，终于望见了村里的大街。

牧场芦苇里，母牛在吃草。我从自行车上下来，两手握着车把，环顾了一下要去转达那份郑重邀请的地方。我听到母牛身上的铃铛发出的叮当响。人们走过一条沟渠上像是舷梯的小木桥，走进房子。这里所有的房子都建在这条连接大路的沟渠旁，排列成行，像是一只只收起帆的驳船，停泊在静静的夜空下。这会儿，正是人们在自家厨房里点火做晚饭的时候。

我站在那儿，心里却生起担忧和形容不出的晦涩和遗憾，坏心情扰乱了眼前的安静，夺走了我的勇气。

姨奶马奈罗住在这儿，在拉费尔泰-当吉永的一个小广场旁——我突然而生的怯懦更加严重了。

马奈罗姨奶是我的几位姨奶之一。她所有的孩子都死了。我最熟悉的欧内斯特是她的孩子中最小的。那是个大个子青年。如果还活着，他会成为一名教师。我的姨爷马奈罗是一位老法院书记官。在他小儿子死后不久，他也走了。马奈罗姨奶一个人住在一所奇怪的小房子里。屋里的地毯都是拼缀成的花样。几张桌子上摆满了纸叠的公鸡、母鸡和猫。墙上挂着几张老证书，几幅故去亲人的画像，几个吊在项链下的小盒，里面装着过世者的头发。

太多的变故和悲伤让她的性格变得有些古怪，但她仍表现出心情愉快。当我找到她在小广场旁的房子时，我走过去，透过虚掩的门，大声喊她。随后我听到在相通的三个房间的里头传出尖叫声：

“哦！我的上帝！”

姨奶把装着咖啡的壶弄翻在火炉上——这个时间她怎么会煮咖啡？—— 这时她露面了。她站在那儿，驼着背。她有着蒙古女人和霍屯督女人*那样宽大的、凹凸不平的前额，有系带的软帽高高地顶在她头上。她间断地小声笑着。嘴张开时，露出剩下的几颗牙。

当我要拥抱她时，她仓促、笨拙地过来，我的一只手被窝在了背后。我们只有两个人。她带着完全不必要的神秘的样子，放

---

* 非洲西南部落的女人。

了一枚硬币在我手上。我没敢看这枚硬币，它应该是一法郎……我正要问她为什么这样做或是感谢她的时候，她拍了我一下，大声喊道：

“拿好它！啊！我知道这意味着什么！”

我知道她一直很穷，总是借钱，又总是花钱。

“我一直都很傻，一直都很不幸。”她尖尖的假声里，没有悲伤。

姨奶马奈罗确信我很拮据，像她一样。她坚持让我收下她仅剩的零花钱。这个善良的女人不给我喘气说话的机会。随后，一如既往她热情地招待了我。

晚餐的气氛也是如此——怪怪的，既伤感又奇特。她总是把一支蜡烛放在伸手可及的地方。有时她把它移走，把我留在半明半暗中。有时她把它放在堆满了有缺口和裂纹的盘盘罐罐的小桌上。她指着一只花瓶说：

“这只花瓶，是70年代战争*时的玩意儿，普鲁士人因为带不走它，把它的把儿砸掉了。”

---

* 指1870—1871年的普法战争，在法国又称法德战争。

我又见到了这只有着伤心故事的大花瓶。她让我想起了多年前在这所大房子里吃晚饭和过夜的往事。当时我父亲带我去约讷省，见一位可能会治好我膝盖的医生。我们不得不在破晓前搭乘一辆路过这儿的直达车。我伤心地忆起那次晚餐和老法院书记官的全部故事。他当时坐在桌旁，胳膊肘支在桌子上，面前是一瓶玫瑰色饮料。

我还忆起那天晚上我的恐惧，我被姨奶吓坏了……晚饭之后，姨奶坐在燃着的壁炉前。她要给我父亲讲鬼的故事，把他拉到了一边：

“我转过身来……啊！我可怜的路易，我看到了什么？一个灰色的小女人……”

她脑子里装满了让人毛骨悚然的事。

瞧！今天晚上也是这样。我因为骑自行车，感到很累，吃完晚饭后，穿了一件马奈罗姨爷的方格子睡衣，躺在大房间的床上。她走过来坐到我床头，带着神秘、刺耳的声音，又开讲了：

“我可怜的弗朗索瓦，我要给你讲一件我从没跟别人说过的事……”

我好有运气！——我想她会把我吓得整夜都睡不着，就像十年前那样!

我听着。她目不斜视，不停地点头，仿佛在讲给自己听：

我和马奈罗从一场聚会回来。马奈罗的一位老朋友很有钱。他邀请我们参加他儿子在萨布洛尼埃领地的婚礼。我们租了一辆马车。这让我们花了不少钱。自从可怜的欧内斯特死了之后，这是我俩第一次一起参加婚礼。我在那里遇到了我的妹妹阿黛拉。我已经四年没见到她了!

那是深冬的一天，大约早上七点钟的时候，我们动身回家了。太阳升起来了。方圆几里没有人烟。突然，在我们前面的大路上，你猜我看到了什么？——一个小男人，一位年轻的小伙子站在路中央！他很英俊，一动不动地看着我们过去。

很快，我们看清了他俊俏的脸蛋，白白净净的，漂亮得让人害怕！……

我抱着马奈罗的胳膊，像风中的树叶那样发抖。

“我想我们遇到了上帝！……”我对他说，“看哪！这是一次圣灵显世!”

马奈罗用低沉、恼怒的声音回答我：

“我看到了。闭嘴，多嘴婆！……”

马车停下时，我不知道该做什么……靠近看，这是一张苍白的脸，额头冒着汗。他戴着一顶脏兮兮的贝雷帽，穿着一条长裤。我们听到他温柔的声音：

“我不是男人。我是女孩。我逃了出来，走不动了。先生和女士，能让我搭你们的马车吗？”

我们马上让她上了车。刚一坐下，她就失去了知觉。你猜猜她是谁？她正是萨布洛尼埃那位年轻人弗朗兹·德·卡莱的未婚妻。就是邀请我们参加婚宴的那家！

我插话说：“可是婚礼没有举行，因为那位未婚妻跑了！”

“正是。”她尴尬地看着我。

婚礼没有举行，因为这位可怜的小疯子的脑子里装着千百个愚蠢的想法。她全都跟我们讲了。

她叫瓦朗蒂娜，是一位穷织布工的几个女儿中的一个。

她认为这样的幸福是不可能发生在她身上的。那位男子对她来说太年轻了。所有他描述的美好的事情，对她来说都是想象中的、不现实的。最终当弗朗兹来接她的时候，她害怕了。

那天天气寒冷，刮着大风，他带着她和她姐姐在布尔日大主教宅邸花园里散步。小伙子很喜欢妹妹，出于礼貌，对姐姐献了点殷勤。而我的那个小疯子不知道臆想到了什么。她说要回家找一条丝巾。为了不被认出，她换上了男装。然后，沿着去巴黎的公路徒步逃走了。

她的未婚夫收到了她的一封信。她在信里说要去见她所爱的一位年轻人。可那不是真的。

“做出这样的牺牲，比成为他的妻子更让我高兴。”她对我说。

“是的，我的傻瓜。”我说。

但是在等待中，那位年轻人根本没有娶她姐姐的想法。他朝自己开了一枪。人们看到林子里的血，但是至今也没找到尸首。

“后来你们为这位可怜的姑娘做了什么呢？”我问道。

姨奶接着说：

我们先让她喝了口白兰地，然后给了她一些吃的。到家后，我们让她睡在壁炉旁。冬季大部分时间里，她都住在我们家。从日出到日落，她整天忙着剪裁，缝衣服，整理帽子，或是干劲十足地打扫房子。她补了整条挂毯，正是你在这儿见到的。

自打她到这儿，燕子在外面蓄了窝。晚上天变暗时，她干完活儿，总是找一个借口到院子里、花园里或大门前，哪怕天冷得石头都要冻裂。

我们找到她。她站在那儿痛哭。我们劝她："好了，告诉我们这是怎么了。"

"没什么，马奈罗女士！"然后她就进屋了。

邻居们说：

"你们找到了一个漂亮的小女佣，马奈罗太太。"

她不顾我们的恳求，还是想在3月去巴黎。我把她做的一些衣服给了她。马奈罗到火车站给她买了票，给了她一点钱。

她没忘记我们。在巴黎圣母院旁，她找到了一份裁缝的活。我们仍然接到她的来信。她问我们有没有萨布洛尼埃的消息。为了让她少点挂念，有一次，我们回复她说，那个领地变得很败落，已经卖掉了。那位年轻人永远地消失了，而那位姑娘结婚了。我想我说的一切应该是真的。

自从那天以后，我的瓦朗蒂娜给我们的信少多了……

这不是一个鬼的故事。马奈罗姨奶用低低的、刺耳的声音，清晰地讲述了它。我当时不舒服到了极点。但是有一件事就在眼前。那就是我们对弗朗兹宣过誓，那位波希米亚人，我们要像兄弟那样对他，而这是考验我们的时候了……

不过，这会影响我明天早上带给茂那那个让他高兴的消息吗？这是告诉他这个刚刚听到的消息的时候吗？这有什么用——让他去做一件完全不可能实现的事？我们有了这位姑娘的地址。但是那位到处跑的波希米亚人到哪找呢？……就放下他们吧！我想德鲁士和布佳东没说错，这位浪漫的弗朗兹让我们吃尽了苦头！我决定在没看到奥古斯丹·茂那和德·卡莱小姐结婚之前什么也不说。

我这样想着，可是有种不祥的预感。我对自己说这种感觉很荒唐，并迅速地把它从心里赶了出去。

蜡烛几乎燃尽。一只蚊子在嗡嗡叫。马奈罗姨奶把胳膊肘支在膝盖上。她的头在有系带的丝绒软帽下歪着。她只是在睡觉时才摘下这顶帽子。她又开始讲故事了…… 不时地突然抬头看我一眼。这是想知道我的感受，或是看我是不是睡着了。最后，我狡猾地垂下头，闭上眼睛，假装要睡着了。

“瞧，你要睡着了……”她用更加低沉的声音，有点失望地说。

我对姨奶的失望感到有些内疚，反说道：

“可是，不，姨奶，我向你保证……”

“但是，是这样——”她说，“我能理解你对这些不怎么有兴趣。我在和你讲你不认识的人……”

因为有一些怯懦，我没回答。

第4章

大消息

第二天早上，天气非常好。这是假期里晴朗的一天，四周静悄悄的。当我来到镇子大街上的时候，万物苏醒的萌动笼罩着整个镇子。美丽清新的早晨让我重拾起要传递好消息的喜悦心情。

奥古斯丹和他母亲住在老校舍里。他的父亲在这里教了二十多年书，也是在这里，他自己学会了阅读。父亲去世时，留下了大笔遗产。茂那想要买下这所学校。这是一幢正方形的大房子，外观不让人感到亲切。它曾经做过市政厅。一楼朝街道的窗户离地面高出许多，以致人们不能从外面向里张望。后院里一棵树也没有。一条有高高顶棚的走廊遮住了往田野眺望的视线。那是我从没见过的最萎靡不振、最显荒凉的被遗弃的校园……

在敞着四扇门的结构复杂的走廊里，我遇到了茂那的母亲。她正从花园里带回一大篮子衣服。在这个长假日的一大早，她就把它们拿出去晾晒好了。她花白的头发一半散开，发绺垂在脸上。

在旧式女帽下的那张五官端正的脸有一些浮肿，显出疲惫，好像是晚上熬了夜。她垂着头，忧伤地沉思着。

这时她突然瞥见我，她认出了我，笑起来。

“您来的正是时候。”她说。

“我刚把奥古斯丹要带走的衣服晾晒好、收好，花了一个晚上替他清点和安排了开支，归拢他要带走的东西。火车五点出发，到时每件事都会做好……”

她显得很放心，一个人为茂那做着临行准备。不过，对茂那要去哪里，她可能并不知情。

“上去吧！”她说，“您会在‘市政厅’里找到他，他正在写东西呢。”

我急忙爬上楼，打开右边的门——老市政厅的牌子还挂在那里，走进一间有四扇窗户的大厅，两扇窗子朝向镇子，另两扇俯视田野。墙上挂着已经泛黄的格雷维 * 总统和卡诺 ** 总统的画像。在占据着大厅深处的长长的平台上，有铺着绿毯的桌子，依然保

---

* 弗朗索瓦·保罗·儒勒·格雷维（Francois Paul Jules Grévy，1813—1891）：法国共和派政治家。法兰西第三共和国总统（1879—1887）。

** 玛利·弗朗索瓦·萨迪·卡诺（Marie Francois Sadi Carnot，1837—1894），1887 年当选为法兰西第三共和国的第四任总统。

留着市议员们的座椅。平台中间的桌子旁，茂那坐在市长座席的老扶手椅上。他一边写，一边从一只过时的、上彩釉的心形陶瓷墨水瓶里蘸墨水。漫长的假期里，在这个更适合乡下退休公务员待的地方，茂那不在乡间游荡的时候，他就整天守在这里……

他认出了我，站了起来。但是没有像我之前想象的那样冲过来。

“索海尔！”他惊呼道。这是他见到我最初说出的唯一几个字。

还是那个大男孩，瘦削的脸，寸头，不加修整的胡子挂在嘴唇上，还是一样诚挚的目光……可是好像一层薄雾那样的面纱笼罩在往日充满活力和青春的脸上，他的热情正在慢慢褪去……

他不安地看着我。我一跃跳上平台。可是，说来奇怪，他甚至不想和我握手。他朝我转过身，手背在身后，向后靠在桌子上，仰着头，看上去很尴尬。他面对我，仿佛什么也没看到，又像是正在考虑说什么。以往，他总是像那些稳重的独居者、猎人和探险家，他们在拿定主意，开口解释前，从不犹豫和留心字眼。而现在，我在他面前，他却开始痛苦地对如何表达深思熟虑起来。

我高兴地向茂那讲述我是怎么来的，我在哪儿过的夜和我很惊讶地看到他母亲正在为他准备动身的行李……

“啊！她对你讲了？……”他问道。

“是的。我想这不会是很远的旅行吧！”

“不！是一次很远的旅行。”

回答让我一惊。我突然感到要说的话会让他的计划化为乌有。我只好打住，不知道从哪里开始关于我的使命的话题。

但是，他自己讲了起来，像一个想要替自己辩护的人。

“索海尔！”他说，“你知道对我来说那次奇特的圣阿加特的历险意味着什么。这是我活着和在这个世界上有所期望的原由。希望破灭了，我还有什么呢？……我怎么继续像大家那样生活呢？”

“就这样！在我看到一切都结束了，再不值得去寻找那个迷失的领地后，我试着在巴黎生活……可是，一个人有过一次上天堂的经历之后，他怎么能去适应过普通人的生活呢？别人所拥有的幸福似乎对我是个嘲讽。当有一天我回心转意，决心诚实地像别人那样生活；想起这些会使我深深懊悔而自责，长时间摆脱不掉……”

我坐在桌旁的一把椅子上，低着头，听他说着，不看他。我无法理解这些晦涩的表白。

“可是，茂那，”我说道，“好好解释一下吧！为什么作这次漫长的旅行？你有什么做错的事情要去弥补吗？你要去实现一个承诺吗？”

“好吧，是的。”他回答，“你还记得我对弗朗兹许下的诺言吗？……”

“啊！”我松了口气，“如果这就是全部……”

“不只是，也许还有一个过错要去弥补。两件事情加在一起……”

紧跟着沉默了片刻，在我决定插话，琢磨怎么开始的时候……

“只有这个我确信的解释。”他说，“当然，我本想再看一次德·卡莱小姐，只是再看看她……现在我对此坚信不疑，当我发现那块无名领地时，我是在一个完美、纯洁的高度上，我永远回不去了。只有死亡——就像我曾给你写过的那样，也许我会重拾那份纯洁高尚的美……”

他改变了语气，带着一种奇怪的活力靠近我。

“但是，听着，索海尔！那个我犯过的、应该去弥补的错误，这个新计划和这次旅行，从某种意义上说，是我过去历险的延续……”

他停了下来，陷入痛苦的回忆中。我已经错过了之前说话的机会，无论如何也不想让这次机会溜走。我说出了已经想好的话，可还是开口太快了，之后我深深地懊悔当时没有等他说出心里话。

我几乎不看他，静静地说：

“要是我来告诉你，所有的希望还在呢？”

他突然眼神一亮，看着我，脸涨红了。可能是周身血液往上撞击，我还从来没看过谁的脸红成这样。

“你想要说什么？”他终于开口，话音有些含混。

我一口气讲了我所知道的、我怎样做的和事情怎样转变的，就好像是伊冯娜·德·卡莱把我派到他这里的。

他的脸色苍白得吓人。

从头至尾，他默默地听着，肩有点缩，好像突然被人抓住。这个人不知道怎么挣脱和逃离。我记得，只有一次他打断了我的话，那是我正讲到萨布洛尼埃已被拆毁，往昔的领地已经不复存在的时候。

“啊！你看！”他说道，仿佛他正等着这个时机，让他的行为和陷入其中的绝望情绪得以开脱，“你看，什么都没有了……”

我相信我们安排的派对会驱散他余下的顾虑。我告诉他，我姑父弗洛翰丹要在谢尔河边组织一场派对，德·卡莱小姐会骑马来。他也被邀请了……

他看上去全然不知所措，什么也没说。

“必须立即取消行程。”我不耐烦地说，“我们去通知你母亲……”

随后，我们下楼。

“是场乡下派对？”他犹豫地问我，“那么，我真的该去吗？”

“可是，看哪！”我反驳道，“这种事情是不需要问的。”

他仿佛成了一个让别人推着走的人。

在楼下，奥古斯丹告诉他母亲：我会和他们一起吃午饭和晚饭，晚上睡在这儿。第二天他要去租一辆自行车，跟我去老南赛。

“啊！太好了。”她点点头，好像一切都不出所料。

我坐在小饭厅里。饭厅墙上挂着有图画的日历、装饰华丽的匕首和苏丹皮囊。这些都是茂那的叔父——一位海军陆战队退伍军人，从遥远的旅行中带回来的。

饭前，奥古斯丹把我一个人留在饭厅待了一小会儿。隔壁房间里，那间他母亲为他准备行李的房间里，我听到他小声地说，不要解开他的行李箱，他的行程可能只是延后了。

第 5 章

河边派对

我有些吃力地跟着奥古斯丹骑行在去老南赛的大路上。他像赛车手那样骑得飞快，上陡坡也不下车。昨晚莫名其妙的犹豫变成狂躁不安和迫不及待的焦虑，他情绪的变化并没有让我感到一点吃惊。在我姑父家他表现得同样没有耐心，似乎失去了对任何东西的兴趣，就这样直到第二天早上，大约十点钟我们坐上了马车，出发去河岸。

这是 8 月底，夏天就要过去。从栗树上落下的枯黄的干栗子壳铺满了看上去泛白的大路。客人们要到奥比耶农场碰面。农场在谢尔河旁边，离萨布洛尼埃差不多两公里远。这段路程不长。随着离农场越来越近，我们不时地遇到坐马车的客人和骑马的年轻人。他们都是弗洛翰丹大胆地以德·卡莱先生的名义邀请来参加派对的。他尽其所能，让富人和穷人、城堡主和农民像以往那样都来参加派对。森林警察白朗耶不久前把贾思曼·德鲁士介绍给了我姑父。毫不奇怪，我们见到德鲁士也骑着自行车沿着大路过来了。

“瞧，”茂那看着他说，“我们一直找到巴黎。他却掌握着最关键的线索。这真让人失望！”

每多看贾思曼一眼，都会让茂那更恼火。而对方的感觉可能正相反，他想给我们一个完全不一样的印象，像一个忠诚的护卫，一直陪在我们的马车左右。他可怜地尽力表现得很优雅，但只是徒劳。破旧礼服的下摆拍打着自行车的挡泥板……

尽管有些不自在，他还是强作出亲切可爱的样子。但是，他的老男孩的脸不再像小孩子那样讨人喜欢了。这唤起我隐隐的怜悯之心——可那天对谁我没动怜悯之心呢？

当我回忆起那次乡野派对时，总是感到隐隐的懊悔，有一种窒息的感觉。那时我是多么盼望这一天的到来。为了让我们感受到幸福，周围的一切都显得那么完美和谐，而我们所得到的却是如此之少……

什么能比得上明媚的清晨里谢尔河岸边的美景啊！我们停在那里。山丘的缓坡连着绵延的河边绿地，柳树婆娑，被篱笆隔开，看上去像一些私家小花园。河对岸是灰色、陡峭的山岩。地平线上冷杉林那边，可以瞥见一座座漂亮的小城堡的围墙和角塔，洋溢着浪漫气息。从远处的普雷韦朗热城堡那里，不时传来一群猎犬的吠声。

我们在迷宫似的小路上穿行。小路一段段铺着沙子或白石子。泉水漫涌，把沿河的路段变成了溪流。野醋栗的枝条不时紧紧地抓着我们的袖子。我们有时走进阴凉的谷底，有时走过树篱的间隙。明媚的阳光不时洒落进来，我们一下子沐浴其中。

远处河对岸，一位男子静静地坐在岩石上钓鱼。当我们走近时，他正慢悠悠地拉着鱼线……

啊！我的上帝！这是多么好的天气！

我们在一片周围是矮桦树林的平坦、开阔的草坪上安顿下来。这真是一处派对游玩的好地方！

马车卸了套。马儿们被带到了奥比耶农场。树林里我们取出买好的食物，一样样拆封，把姑父带来的小折叠桌在草地上摆放停当。

这时，有人提议需要志愿者去远处的路口，迎候还没有赶到的人，指给他们派对的地点。我马上报名前去。茂那紧跟在我后面。我们等在吊桥旁，等在一条条山林小路交叉的路口。一条小路从萨布洛尼埃方向过来。

我和茂那来回走着，谈着往事，转移一下注意力，我们等待着。一辆从老南赛过来的马车进入了视线。它带来一群陌生的农民。他们中有一位头上飘着丝带的高个女孩。又过了一段时间，好像不会有人过来了。

不！又来了一辆驴车。车上有三个孩子，他们是一位曾在萨布洛尼埃作园艺的工人的孩子。

“我好像认识他们。”茂那说，“就是他们！——在那次婚宴的第一个晚上，过来牵着我的手，带我去吃晚饭……”

这时，那头驴不愿继续往前走了。孩子们下了车，用尽全力地戳它，拉它，撞它。茂那感到很失望，说是他认错人了……

我问他们在路上有没有碰见德·卡莱先生和德·卡莱小姐。他们一个回答说：“我不知道。”另一个说：“我想是的，先生。”我们无法得到更准确的消息。

他们朝草坪走过去。有的拉着小驴的缰绳，有的在后面推驴车。

我们继续在吊桥旁等待。茂那盯着沿萨布洛尼埃方向过来的那条小路的拐角，带着异样的不安的神情，守候着那位他曾经疯狂寻找的姑娘。

奇怪的、有些令人不解的激动使得茂那烦躁。他把坏心情撒到了贾思曼身上。我们想看到小路更远的地方，于是爬上一个土墩，俯视下面。我们瞥见草坪上的德鲁士正在一群客人中，像是站在舞台中央。

“看那个高谈阔论的人！那个愚蠢的家伙！”茂那对我说。

我回答道：“随他去吧！他做他能做的，这个可怜的孩子。”

奥古斯丹并没有收住怒火。那边，一只野兔或是一只松鼠从矮树丛中突然窜出。沉浸在表演中的贾思曼追了过去。

“哟！他现在追上去了！”茂那说，“好像他多勇敢，真的胜过了其他人！”

我不禁笑了起来。茂那也笑了。

这个插曲只是一闪而过。又过了十五分钟，他说：

“如果她不来了……”

我答道：

“她承诺过。再多一些耐心！”

我们继续守在那儿。最终，他还是忍受不了这么长时间的等待：

“听我说。我要下去和其他人在一起了。我不知道现在是什么事情不对劲。如果我待在这儿，我觉得她永远不会来了——她不可能很快出现在这条路的尽头。”

他朝草坪走去，留下我一个人。我沿着通往萨布洛尼埃的小路走了几百米以打发时间。这时，在第一个转弯路口，我看到了德·卡莱小姐。她侧身坐在一匹老白马上。那天早上，马跑得很轻快。她拉紧缰绳，让它慢下来。马头旁，德·卡莱先生默默地、吃力地走着。一路过来，他们不得不轮换着骑在马上。

姑娘看到我一个人等在那儿。她笑了，敏捷地跳到地上，把缰绳交给她父亲。我朝她跑去，她向我走来。

“很高兴看到您一个人在这儿。”她说，“除了您，我不想让其他人看到我的老贝利撒留，也不想把它和别的马放在一起。它太丑，太老了。我总害怕别的马弄伤它。它是唯一一匹我敢骑在上面的。它要是死了，我就不再骑马了。”

我感到在德·卡莱小姐身上有种和茂那一样的东西。在迷人的活力和温和与优雅里，隐藏着厌倦——几乎是焦虑的情绪。她讲话比平常快，面颊泛红，但前额和眼圈显得特别苍白。这暴露出她的局促不安。

我们决定把贝利撒留拴在路边小树林里的一棵树上。德·卡莱先生一如既往地沉默不语。他卸下马笼头，拴好马——我想好像拴得低了点。我答应一会儿从农场送来干草、燕麦和麦秸……

而德·卡莱小姐朝草坪走去。我眼前出现了那幅画面。当茂那第一次看到她时，她朝湖岸走去。

她一只手挽着父亲的胳膊，另一只手轻轻拉着连衣裙外的薄斗篷，朝客人们走去。她看起来又严肃又稚气。我在她旁边走着。分散在草地上或在远处玩游戏的客人们都抬起头往这边看并聚拢过来，迎接她。在她走近时，人们停止了交谈，出现了不长时间的沉寂。

茂那混在一群小伙子中，穿着灰色的衣服，虽是大个子，还是有几个年轻人几乎和他一般高，很难从伙伴们中辨认出他。他没有做任何举动来引起注意，没有往前走一步，一动不动，像其他人那样盯着那位走过来的如此美丽的姑娘。不过，最终他做了一个下意识的尴尬动作。他把手放在寸头上，好像要在那些头发梳理得一丝不苟的同伴中，藏起他难看的小寸头。

人们围着德·卡莱小姐。有人向她引荐那些她不认识的女孩子和小伙子……当轮到我的伙伴时，我感到他和我一样有点不安。于是，我打算亲自给他们做个介绍。

在我还没来得及开口时，姑娘就朝他迎面走了过去，带着一种惊人的坚定和庄重：

“我认识奥古斯丹·茂那。”她说道。

她向他伸出了手。

第6章

河边派对（结局）

另一群人立即靠拢过来，向伊冯娜·德·卡莱问好。就这样他们把两个年轻人分开了。很不凑巧，他们也没能在一张桌上吃午餐。不过茂那似乎重新找回了自信和勇气。我坐在德鲁士和德·卡莱先生之间。有好几回，在我和坐在另一张桌子上的茂那对视时，他都给我一个友好的示意。

傍晚时分，人们做游戏、游泳，或在附近池塘里划船，或三五成群在一起交谈。茂那和德·卡莱小姐又相遇了。这时我和茂那，还有德鲁士坐在从花园带过来的椅子上，正在闲聊。德·卡莱小姐毫不犹豫地离开一群她感到有些无聊的年轻人，向我们走过来。我记得她问我们为什么不像别人那样去奥比耶湖里划船。

"我们今天下午划了几圈。"我回答道，"太单调了，我们很快就累了。"

“那为什么你们不去河里划呢？”

“水流太急，我们有被卷走的危险。需要一艘柴油船或是那次我们坐的那种蒸汽船。”茂那说。

“我们不再有它了，”她用低低的声音说，“我们把它卖了。”

然后是一阵尴尬的沉默。

贾思曼趁这时说要去找德·卡莱先生。

“我知道在哪儿找到他。”他说，然后走掉了。

说来也怪！他和德·卡莱先生——两个完全不同的人——一见如故，从早上来到这儿就没怎么分开过。德·卡莱先生把我拉到一旁，说我有一位非常体贴、恭顺和有素质的朋友。他甚至可能透露给德鲁士，老贝利撒留和他们一起来了，并且告诉他，他们把马放在了哪里。

我也想离得远一些。但是我感到两个年轻人很拘束，有些不安。我想稳妥的做法是现在不要离开……

贾思曼的知趣，我的未雨绸缪都显得多余。他们聊着。要命的是，茂那肯定没有觉察到自己的执拗，他总是沉浸在过去美好的回忆中：那座奇怪而复杂的、被推倒的老房子；那口干涸的、填满了野草的大池塘；那些穿着迷人服装的散了伙的孩子们……

而他每次回忆，都让姑娘痛苦地重复说，所有的一切都消失了。

“啊！”带着失望，茂那叹了口气，仿佛每件消失的事物都给了他一个很好的理由，他要向那个姑娘和我证明，那些美好的故事已不复存在。

我们并排走着。我徒劳地试图分散笼罩在我们三人中的悲伤情绪。可是，茂那又回到了挥之不去的记忆中。他向她问起他在那个地方看到过的一切：那些小女孩，那位驾老式轿式马车的车夫，那些比赛的小马驹。——那些小马驹也卖了吗？那个领地里不再有马了吗？……

她回答：不再有了。她没有讲除了贝利撒留。

他回忆起他住过的房间里的物品：那些烛台，大镜子，坏了的鲁特琴。带着异常的兴趣，他打听着一切。仿佛他要说服自己，在那次美丽的历险中他看到过的现在都不复存在了。而姑娘没有给他带来一片遇难船只的残骸——像潜水员从水底带回一块石头和一些藻类——用以证明两个人不是在梦里……

德·卡莱小姐和我不禁苦笑了一下。她决定给他解释一下。

“您再不会看到德·卡莱先生和我为可怜的弗朗兹精心布置的美丽城堡了。我们用一生去满足他的愿望。他是一个很奇特、很有魅力的人！而在婚约被毁掉的那天晚上，一切都和他一起消失了。”

“德·卡莱先生被毁了。我们那时还不知道，弗朗兹负债累累。他的那些债主在得知他失踪后，马上来找我们讨债。我们变成了穷人。德·卡莱夫人去世了。几天里，我们失去了所有的朋友。”

“如果弗朗兹回来了，如果他没有死，如果他找到了他的未婚妻和朋友们，如果他的婚礼最终会举行，可能一切又会变得和从前一样。但是过去的能再回来吗？”

“有谁知道呢！”茂那若有所思地说。然后他不再问了。

在有点泛黄的草坪上，我们三个人静悄悄地走着。茂那得到了这位姑娘，这位就在他右手的，他曾认为永远也找不到的姑娘。在他提到一个很难回答的问题时，她把动人的脸慢慢转向他，带着忧虑的眼神看着他。有一次，在和他说话的时候，她把柔弱的手轻轻地、充满信赖地放在了他的手臂上。而走在德·卡莱小姐身边的大茂那像一个陌生人，一副提不起精神的样子，不像是找到了朝思暮想的人。三年前，德·卡莱小姐要是这样把手放在他的手臂上，会让他喜出望外，他会无法抵挡住这份幸福。此时，他却茫然若失，一副相隔很远的样子，像是无力接受眼前的幸福。他的这种感觉从何而来？在他身上发生了什么？

我们走近了那片早上德·卡莱先生拴贝利撒留的小树林。下山的太阳把我们草地上的影子拉长了。草地的另一边，远处玩游戏的人和小女孩的说话声，嗡嗡地充满着幸福阵阵传来。我们三人在美妙的静谧中保持着沉默。这时从小树林的另一侧，靠湖边的农场方向，我们听到远处传来的歌声，是一位年轻人的声音。他带着牲畜去饮水。歌儿听上去是舞曲节奏，但是他拉长了声音，声调变得柔和了许多，像是一首忧伤的民谣：

我的鞋子红红的
永别了，我的爱人
我的鞋子红红的
永别了，一去不复返！……

茂那抬起头听着。那个不知名领地的晚上，喜庆聚会的最后一天晚上，人们纷纷散去，一群不想马上离开的农夫唱起过这支曲子。而现在一切只剩下回忆，多么让人伤心。那些美好的日子不再回来。

“你们听到歌声了吗？”茂那用低沉的声音说，“哦！我要去看看那是谁。”他迅速转身离开，沿着歌声的方向走去，进了小树林。

歌声戛然收住。随着唱歌的人越走越远，我们听到他在向畜群吹口哨。然后是一片寂静……

我看着那位姑娘。她沉思着，有些疲倦。眼睛盯着那片茂那刚刚消失其中的小树林。在这之后，她可能多次用同样忧郁、沉思的神态看着那片树林：大茂那经过那里永远地走了。

她转向我：

“他不开心。”她痛苦地说。

她加了一句：

“或许，我什么也不能为他做……”

我有些犹豫不知道怎么回应，担心茂那可能很快到达农场，已经在回来的路上了，他会无意中听到我们的对话。我原想鼓励她，对她讲，不要担心有什么对不住这个大男孩的，可能有一个让他不快的秘密，而他从来没有跟任何人透露过。

突然，小树林的另一面爆发出吼声。然后我们听到一匹马嘶里噼啦暴躁的刨地声和人激烈的、断断续续的争吵声……

我马上明白了，可能老贝利撒留发生了什么情况。我朝吵闹的地方跑去。德·卡莱小姐远远地跟在我后面。草坪远处，人们可能注意到了我们。在我跑进小树林的时候，我听到了人们赶来的叫喊声。

拴贝利撒留的绳子绑得太低了。它的一条前腿被套在连着马笼头皮带的系马绳里。德·卡莱先生和德鲁士在散步中走近它时，它还静静地站在那儿。直到拿燕麦喂它饲料时，可能是不喜欢那种燕麦，这激怒了它，它奋力挣扎着躲开。两个男人冒着挨马踢的危险，想给它松套，但他们很笨拙，不但没有放松绳子，反而勒得更紧了。碰巧，这时茂那从奥比耶农场回来。他对两个人的无能感到非常气愤，粗暴地差点把两人推翻在灌木丛里。他小心翼翼地动起手来。转眼间，他解开了绳子。

可是太晚了。那匹马可能扭伤了肌腱或是已经扭断了腿，可怜地颤抖着站在那儿，低着头。鞍子斜挂在背上，一条腿在肚子下蜷曲着。茂那俯下身，轻轻地抚摸它，一声不响地检查着。

他抬起头。这时几乎所有的人都聚集来了。他不看任何人，气得满脸通红。

“我要问一句。”他喊道，“谁把它这样拴在这儿！马鞍放在它背上整整一天！谁这么大胆给这匹老马装了这副鞍子。这可是驾车用的。”

德鲁士想要说点什么。他想承担所有的责任。

“闭嘴！这又是你的错。我看到你愚蠢地拉着马绳给它松套！”

然后他又弯下腰，放平手开始揉搓马的膝盖。

德·卡莱先生还什么也没讲，他错误地想要打破沉默，结结巴巴地说：

“海军军官不太习惯……我的马……”

“啊！这是您的马？”茂那停下来，平稳了一下情绪。当他转头看老人的时候，脸变得通红。

我以为他会改变语调，道个歉。他喘了会儿气，脸上带着绝望的苦笑，使情形变得更严重了。一切都毁了。他有些不逊地说：

“好吧，我不想恭维您。”

这时有人建议：“可以来点凉水……让它在浅水里泡一下。”

“现在需要，”茂那没有理会这个建议，说道，“把这匹老马立即带回马厩，趁它现在还能走——没时间可以浪费了！——不要再让它出来了。”

这时许多年轻人跟过来要做这件事。但是德·卡莱小姐很快谢绝了他们。她的脸像火烧一样红，像马上要放声大哭。她和所有的人道别，甚至和窘迫地不敢看她的茂那说了再见。她牵起那匹老马的缰绳，像握着老朋友的手，更多的是亲近而不是牵引……夏末的风吹在回萨布洛尼埃的路上，那么温和以至于让人觉得是在5月。篱笆上的叶子在南风的吹拂下抖动着。

我们看到她就这样离开了，她的一只胳膊伸出披风，瘦弱的手拉着那条粗厚的皮缰绳。她父亲艰难地在她旁边走着。

这天的结尾是多么让人伤心!

渐渐地，人们把篮筐、餐具收拾起来，折起椅子，拆了桌子。客人们坐上装好行李的马车，一个接一个地离开了。他们举起帽子，挥着手帕。最后离开的人把我、茂那和弗洛翰丹姑父留在了原地。姑父没有说一句话。他和我们一样带着莫大的失望咀嚼着派对留下的遗憾。

我们坐上漂亮的栗色马拉的车子。马车很快就把我们带走了。车轮子在转弯处的沙地上吱吱作响。不久坐在后排的茂那和我看到老贝利撒留和它的主人抄近路走在那条岔道入口。他们很快就从我们的视线里消失了。……

可是我的同伴……这个我所知道的世界上最不愿哭的人，突然把脸转向我，他的脸被抑制不住的泪水弄花了。

“停下，您能停下吗？”他说着把手放在弗洛翰丹的肩上，“您不要担心我，我一个人步行回去。”

他把手搭在挡泥板上，一蹦跳下车。我们目瞪口呆。他情急地跑啊，跑啊，一直跑回那条我们刚刚经过的、通往萨布洛尼埃的小路。他必经那条冷杉林小路到达那个领地。那是他几年前走过的小路。在那条小路上，他曾像一个流浪者藏身在低垂的树枝下，听着那群漂亮、陌生的孩子们的神秘对话。

就是那天晚上，他呜咽着向德·卡莱小姐求婚了。

第 7 章

婚礼那天

寒冷的 2 月初，晴朗的星期四晚上刮着大风。下午三点半、四点时，村里的篱笆上，从中午就晾在上面的衣服，在狂风中舞动着。家家餐厅里都点起了壁炉，火光照在涂了釉的玩具上反射出光芒，仿佛这些玩具摆在祭坛上。玩累的孩子坐在母亲旁边，让她讲她婚礼的那天……

对一个不想拥抱幸福的人，他只需爬上阁楼，就会听到好似遇难船只鸣汽笛那样呜呜的声音，直到深夜。他只要走到外面大路上，寒风会把围巾吹拂到唇边，像突然而至的热吻让他热泪盈眶。而对一个渴望幸福的人，那所在萨布洛尼埃路边的大房子正等着他。我的朋友茂那带着从中午起成为他妻子的伊冯娜·德·卡莱回到了那里。

订婚为期五个月。这期间很平静。这样的平静迥异于两人跌宕起伏的初次相遇。茂那常骑自行车或驾马车来萨布洛尼埃，至少一个星期两次。德·卡莱小姐坐在那扇可以远眺冷杉林和旷野的大窗户旁，做针线活或读书。她会突然看到一个高大的侧影快速地从窗帘后闪过。茂那总是像第一次来这里那样，取那条迂回的小路过来。这成了他唯一的对以往的默默的怀念。幸福似乎让他无名的、隐藏得很深的痛苦睡去了。

平静的五个月里没有什么大事发生。我被任命为圣伯努瓦特–德尚村的学校教师。对我来说，圣伯努瓦特不是一座真正的村庄。它由几个分散在乡下的农场组成。学校的房子在路边山坡上，离附近的房子很远。我过着孤寂的日子。好在步行穿过田野，只需三刻钟，我就能到萨布洛尼埃。

德鲁士到了老南赛，住在做泥瓦工程包工头的叔叔家。看来不久老板就会是他了。他常来圣伯努瓦特看我。在德·卡莱小姐的说合下，茂那和他很友好。

这也就解释了为什么我们两个——我和德鲁士，在下午四点参加婚礼的客人都已经离开后，会在这个地方游荡。

婚礼很安静，中午时在萨布洛尼埃古老的小教堂里举行。没被他们推倒的小教堂半掩在附近山坡上的冷杉林里。简单的婚宴后，茂那的妈妈，索海尔先生和米莉，弗洛翰丹和别的人上了马车。只有贾思曼和我留了下来……

我们在萨布洛尼埃房后的林子边上散步，另一边是一大片荒地，是被推平的当年那片领地的遗址。我们心里充满焦虑，不想表露出来，不知道为什么会这样。我们漫无目的地走着，辨认着兔窝和兔子刚刚刨过的小沙沟，一个巧妙设好的捕猎的活套，偷猎者的踪迹……我们想用观察和识别来摆脱心中的不安是枉费心机了。

我们不断地回到那处灌木丛边。因为从那里能看见那幢静悄悄的，紧闭着门的房子……

那扇临冷杉林的大窗户前，有一个木阳台。阳台上满是疯长的、被大风吹得向一边伏倒的野草。一缕夕阳像燃烧的火苗反射在窗玻璃上，时不时地会有一个身影闪过。房子周围是田野、菜园和保留着几间旧配房的农场，显得寂静又孤单。佃农们都到镇里赶地主家的喜事去了。

风裹着雾不时吹来，湿润了我们的脸颊。风中有钢琴伴奏的歌声时隐时现。那是从关着门的大房子里传出的。我停下，静静地听着。颤抖的歌声像是来自远方，像歌者在小心地唱出她的快乐……又像小女孩的笑声。她要找出所有的玩具，把它们分给她面前的小伙伴……我也听得出一种女人喜悦中的惶恐——她去穿上一条漂亮的裙子，展示着，不清楚自己会不会喜欢它……歌中另有一种陌生的情绪，像是一种祈祷；一种恳求——恳求幸福不要去得太残酷；一种致敬——在幸福面前的膜拜……

我对自己说，他们终于得到了幸福。茂那在她身边……

想到这些，我是让自己相信他们是幸福的。这让我这个单纯的孩子有了十足的慰藉和满足感。

原野吹来的风像是海上的浪花打湿了我的脸。我正在聚精会神地想事。这时我的肩膀被杵了一下。

“听！”贾思曼低声说。

我看看他。他示意我别动，然后，歪着头，皱着眉，竖起耳朵听着……

第8章

弗朗兹的呼唤

呜——呜！

这次，我听到了。这是一个信号，是一高一低的两声呼唤。我很久以前听到过……啊！我记起那位大个子喜剧演员，在学校栅栏外双手围成喇叭呼唤他年轻的伙伴时，发出的就是这个声音。弗朗兹曾恳求我们对他发誓：无论何时，无论何地，听到这个信号都要回答。可是，今天他到这儿来，想要我们做什么呢？

“声音是从左边那片冷杉林过来的。”我低声说，“可能是偷猎的。”

贾思曼摇摇头。

“其实你知道这不是。”他说。

然后，他压低了声音：

“从早上他们两个人就在这儿了。十一点时我无意中碰见迦纳仕，是在小教堂附近的田里。他像是在等人，看到我就跑掉了。他浑身是泥，可能骑自行车从远地方过来，泥巴一直甩到背上……”

“他们到这里想要做什么?”我问。

“我也不知道。但是，我们一定要把他们赶走，不能让他们在附近游逛。否则所有疯狂的事就要开始了……”

我也这样想，但没表露出来。

“我们最好靠近他们。”我说，“看看他们想要做什么? 然后去劝说他们离开……”

我们弯着腰，慢慢地、静悄悄地穿过灌木丛，一直走进那片高大的冷杉林里。每隔一段时间，就传来长长的呼唤声。声音听上去没有悲伤或异常的东西，但让我们感到有一种不祥的征兆。

树林一行行排列得很规矩。视线很开阔。林子里的人会很容易看到我们。我决定站在树林边一角。贾思曼走到与我斜对面的另一角。我们守在林子的矩形外围上。目的是不让他们不出一声、不打照面而逃掉。这些都安排妥当后，我当起了友善的侦查兵。我喊了起来：

“弗朗兹！——”

“弗朗兹！不要害怕。是我，索海尔。我想和您讲话。”

片刻的沉默，我决定再喊一次。在冷杉林深处，我看不到的地方，有人用命令的口气喊道：

“留在您待的地方。他过去找您。”

从远处高大的冷杉树之间渐渐地走出一个人。我慢慢辨出那个年轻人的轮廓。他浑身是泥，穿戴得很邋遢，脚踝上夹着骑自行车紧裤腿的夹子，一顶水手戴的旧鸭舌帽扣在长头发上。弗朗兹变得消瘦的面颊，好像哭过。

“您想做什么？”他毅然地走近我，带着不逊的口吻问道。

“那您，弗朗兹，您在这里做什么？为什么您来打扰一对幸福的人？您要求什么呢？说说吧！”我问他。

这样直截了当的问话，使他脸红起来。他有点口吃地回答道：“我太不幸，太不幸了！”

然后，他把胳膊肘支在树干上，头埋在胳膊里，痛苦地哽咽起来。

我们走了几步。林子里格外寂静。林边高大的冷杉树挡住了风声。在排列整齐的大树间，除了年轻人一声高一声低、间断窒息的哽咽声，听不到别的声音。我等着哽咽声稍稍平复，把手放在他肩上，说：“弗朗兹，您跟我来。我把您带到他们身边。他们会像迎接走失的孩子那样迎接您。您的痛苦会结束。”

他什么也不想听，带着可怜、倔强和愤怒的情绪，用低沉、嘶哑的声音哭着说：

“茂那就这样不再管我了？为什么我叫他，他不回答我？为什么他不信守诺言？”

“好好看看吧，弗朗兹。”我回答道，“爱幻想和孩子气的时光已经过去了。不要冒失地打扰您所爱的人的幸福，您妹妹和奥古斯丹·茂那的幸福。”

“但是只有他能救我，您很明白。只有他有能力找到线索。啊！马上就过去三年了。迦纳仕和我没结果地找遍了整个法国。现在只有您的朋友能给我希望了。这会儿，他不再回答我了。他找到了他的爱情。为什么他现在不想想我？他应当上路了。伊冯娜会让他走的。她还从来没拒绝过我任何事。”

我看着这张满是灰尘和污垢的脸上的泪痕。那是一张筋疲力尽、蒙受了挫折的老男孩的脸。他的眼下有一圈雀斑，胡子拉碴，长长的头发披在肮脏的衣领上。他打着颤，手放在口袋里。他不再是过去那个衣衫褴褛的皇家小孩的模样了。他已有些见老。也许在内心里，他比以往更像一个专横、任性、容易绝望的孩子。

一个小伙子身上还留有孩子气，这很难让人接受。不久前，他年轻气傲，好像世界上所有疯狂的事他都做得出。而现在，我们不禁要抱怨他什么也没做成，责备他沉迷于扮演年轻浪漫的英雄形象。我们这位沉浸在美丽爱情里的、英俊的弗朗兹为生活所迫，最终不得不和他的同伴迦纳仕一样去做小偷……正是那股傲气导致了这个下场。

“如果我答应您，”我考虑之后，最终说，“几天后茂那会应您的要求，为您动身去寻找……”

“他会成功，是吧？您确定吗？”冷得发抖的他问我。

“我想是。在他身上什么都会成为可能！”

“但我怎么知道？谁会告诉我？”

“您一年之后回到这儿，同一个地方，同一个时间。您会看到您爱恋的姑娘。”

可是，在讲这些话的时候，我心里想的是不能打扰新婚夫妇。我要去马奈罗姨奶那儿打探，然后赶快去找那位姑娘。

他看着我，眼里充满赞赏和信任。十五岁，他那时只有十五岁——那是我们在圣阿加特时的年龄。那天晚上我们三人在一起，他和茂那打扫教室。我们对那个不寻常的、幼稚的许诺发了誓。

看来失望又向他袭来。他不得不说：

“好吧，我们走了。”

带着剧烈的心痛，他看了一眼就要离开的这片林子。

“三天后，我们要在去德国的路上。”他说，“我们把马车留在了离这儿远一点儿的地方。三十多个小时了，我们一直在不停地赶路。我们本想在婚礼前到达，带走茂那，让他帮我寻找我的未婚妻，就像他寻找萨布洛尼埃领地那样。”

然后，他可怕的孩子气又上来了。

“和您的德鲁士招呼一下吧，”他边走边说，“如果碰到他，会让我感到不舒服。”

我看着他的身影渐渐地消失在冷杉林中，唤来了贾思曼。我们又回到了大房子附近。就在这时我们看到那边奥古斯丹关上了窗栅板。他奇特的举动引起了我们的注意。

第9章

幸福的人

晚些时候，我们才知道当天在萨布洛尼埃发生的一切……

午宴刚过，客人们都离开了。茂那和他的妻子——我们仍然叫她德·卡莱小姐，单独留在了大房子的客厅里。德·卡莱先生出门上路了，门敞开的一会儿，冷风窜进走廊，发出悲鸣。他朝老南赛的方向去了，要在晚饭时回来。这会儿他要去农场吩咐一下，锁好那里的大门。屋子静了下来。外面不再有噪声打扰这对年轻人了，只有风吹着一枝落了叶的玫瑰敲打着朝旷野那侧的窗玻璃。在冬天的大风里，他们像是漂泊在船上的两个游客，幸福包围着这对恋人。

“火快灭了。”德·卡莱小姐说，她想到箱子里拿一块劈柴。

茂那机敏地上前，拿了一块，放在了火里。

然后他握住姑娘伸出的手。他们站在那儿，面面相觑，仿佛一个不能说出口的消息让空气变得有些窒息。

大风卷过，发出像泛滥的河水流过时的轰鸣声。不时地，一滴水斜打在窗玻璃上，像是淌在列车的车窗上。

姑娘抽回手，从他身边离开，走到门口，敞开走廊门，转身给了他一个神秘的微笑，消失在了走廊里。片刻间，半黑暗中，奥古斯丹一个人留在那儿……嘀嘀嗒嗒的小挂钟让他想起圣阿加特的餐厅……他可能在想这就是那所寻找了很久的房子，那条充满了窃窃私语声，有神秘通道的走廊……

这时他想必听到了——德·卡莱小姐后来对我讲——她也听到了弗朗兹在房子附近的第一声呼喊。

当房门又打开时，姑娘带了一大堆东西进来。她徒劳地在他面前展示着这些东西：她孩童时的玩具，所有她小时候的照片——一张她装扮成随军女小贩模样的照片，另一张她和弗朗兹坐在她母亲的膝盖上，她的母亲是那么的美丽……所有以前留下来的，她穿过的简朴漂亮的小裙子。

“看，这条裙子一定是我认识您之前穿过的，大约是您刚到圣阿加特的时候。”可茂那什么也看不进去，什么也听不进去了。

不过一会儿工夫，他似乎又回到了他美好的、难以想象的幸福思绪中。

“您在这儿。”他温柔地好像在说这是多么令人陶醉，“您到桌子旁边来，把手放在桌上一会儿……”

然后他继续说：“我母亲还年轻的时候，为了和我讲话，她经常像您这样，轻轻地弯下腰…… 而且当她坐在钢琴前……”

于是德·卡莱小姐建议在夜晚来临前弹首曲子。钢琴放在沙龙*的一角，那里已经暗了下来，他们不得不点起蜡烛。玫瑰色的烛光使姑娘脸上的一抹红晕变得更加明显。这片红晕曾在她的面颊上出现过，流露出她的焦虑不安。

正是这个时候，在树林边，我听到了风带给我们的颤抖的歌声。歌声马上被两个疯狂的人的第二次呼号打断了。冷杉林里，他们离我们更近了。

茂那久久地听着姑娘的歌声，默默地从窗户向外看。许多次他转向那张满是不安、温柔的脸。他轻轻地靠近伊冯娜，把手放在她的肩上。在他抚摸她的脖颈时，她感觉到他的轻柔，她知道他可能要说什么。

---

* 沙龙最早源于意大利语单词“Salotto”，是法语“Salon”一词的音译，原指法国上层人物住宅中的会客厅。

“天已晚了。”他最终说道，“我去关上窗栅板。但是您不要停下弹琴……”

这颗难以理解的、狂野的心里到底在想什么？——我一遍一遍地问自己这个问题，我在很长时间后才得到答案，那时已经太迟了——不为人所知的内疚？无法解释的懊悔？是害怕看到紧抓住的奇迹般的幸福会倏然消失吗？还是有可怕的诱惑让他决心把已经到手的珍宝摔到地上呢？

他再一次看了看年轻的妻子，轻轻地慢慢走了出去。我们从树林边看到他。他迟疑地关上了一扇栅板，朝我们这边像是无意地瞥了一眼，又关上了另一扇。

突然，他朝我们撒腿奔来，像是在逃跑。在我们可能想到把自己藏起来之前，他跑到了我们附近。他正要越过一排牧场新种的矮树篱时，看到了我们。他立即改变了路线。我还记得他惊慌的样子，一副被追赶得走投无路、野兽般的神情。他装作要折回原路，去翻越小溪附近的篱笆。

我向他喊道：

“茂那！奥古斯丹！”

他甚至没回头。我确信他已经听到了。

“弗朗兹在这儿。”我喊道，“停下！”

他终于气喘吁吁地停了下来。我还没想好要讲什么，他急切地问：

“他在这儿？他想做什么呢？”

“他感到很不幸福。”我答道，“他来请求帮助，为了找回他所失去的。”

“啊！”他低下头说，“我料到了。我想把这些都留在梦里，但这没有用……可是他在哪儿？快告诉我。”

我说弗朗兹刚走，他现在肯定不会见到他了。这让茂那很失望。他犹豫了，走了两三步，停了下来。他似乎不知所措，忧愁到极点。我说我以他的名义给了弗朗兹一年后在同一地点见面的约定。

奥古斯丹是个遇事很镇静的人，而现在他表现得很紧张，非常没有耐心。

“啊！为什么你要这样做！”他说，“他是对的，我可能会救他。不能再等了。我一定要看到他，我要和他讲，要他原谅我。我要尽我所能去弥补这一切……否则，我不能再回到这里了。”

然后他转身朝萨布洛尼埃的房子走去。

“这样，”我说，“为了一个孩童时许下的诺言，你正在毁掉你的幸福。”

“啊！这不只是一个诺言。”他说。

我知道还有其他的事纠缠着这两个年轻人，但我猜不出是什么。

“总之，”我说，“你已经追不上他了。他们现在已经在去德国的路上了。”

他正要回答。这时一脸惊慌、划破了脸的德·卡莱小姐出现在我们面前。她一定是跑过来的，头发蓬乱，脸上满是汗水；她一定跌倒过，受了伤。她右眼上方流出了血，凝结了鬓发。

我曾经在巴黎穷人住的街区里看到警察劝阻和分开一对打架的夫妇。一对邻居们认为幸福、和睦、彼此忠诚的夫妇。家庭战争可能在任何时候，没有任何预兆突然爆发——也许在坐下来吃饭那一刻，周日外出散步前，或在孩子的生日聚会上……瞬间，一切陷入混乱中。吵架中的男女变成了可鄙的恶魔。孩子们不得不参与其中，流着眼泪，紧紧地抱着他们，恳求别打了。

看到德·卡莱小姐穿过树林跑到茂那身旁，我想起家庭战争中那些惊恐不安的可怜的孩子。我相信即使引得所有的朋友，整个村庄，整个世界众目睽睽，她仍然会跑来，以同样的方式跌倒，哭泣，顶着凌乱的头发，穿着沾满泥巴的衣服。

当意识到茂那就在这儿，至少他没有抛弃她时，她伸出手挽住他的手臂，流着泪，不住地笑着像个孩子。他们两人什么也没说。她掏出手帕。茂那轻轻地从她手里拿起手帕，一点点地、小心擦着姑娘被血染红了的头发。

“来，”他说，“我们现在回去。”

我目送他俩离开。冬季傍晚的寒风拍打着他们的脸庞。他搀扶着她走过难走的路。她笑着加快了脚步，朝着他们的家，那所抛弃了有一会儿的家。

第10章

弗朗兹的房子

第二天我不得不待在学校里一整天。我放不下心，前一夜喧闹的圆满结局没能消散我心中隐隐的不安。它折磨着我。晚上放学前的自习时间一过，我就踏上了去萨布洛尼埃的路。

夜晚降临了。我走在通往大房子，两旁是冷杉林的林荫道上，看到房子所有的窗栅板都已经关上了。我担心时候不早了。这只是婚礼后的第二天。我的出现，会让人不快。我在外面待到很晚，在花园边和房子邻近的地方游荡，一直盼望有人从紧闭的房门里出来……但是我的盼望落空了。我很失望。附近农场也没有动静。我不得不回家了，令人沮丧的胡思乱想纠缠着我。

第二天星期六傍晚，带着同样不知所措的心情，我匆忙拿了披风、手杖和预备在路上吃的一小块面包出门了。夜幕降临时，我到了萨布洛尼埃，发现那所房子的大门还是紧关着，跟前夜一样……二楼有一点灯光，可我什么也听不到，看不到一个人……

我朝农场大院走去，从敞开的大门我能看见大厨房里点着的火，听见通常在吃饭时才有的说话声和脚步声。即使我还不知道情况，这也让我安下了心。我不能对这些人说什么，也不能问什么。我又回去等了，徒劳地等待着。我盼着那扇门突然打开，出现奥古斯丹高高的身影。

星期日下午，我决定这次按响萨布洛尼埃房子的门铃。我爬上光秃秃的山坡，听到远处冬季礼拜日晚祷的钟声，感到又孤独又伤感。我不知道哪儿来的不祥的预感袭来。当我按响门铃，看到德·卡莱先生独自一人出现时，并没有太惊讶。他向我低语道，德·卡莱小姐烧得厉害，现在卧床不起。为一场漫长的旅行，茂那不得不在星期五的早上离开了。他们不知道他什么时候回来……

老人显得很尴尬，很伤心，没有说让我进去。我马上向他告别。门重新关上。我站在台阶上有一会儿，感到极度不安，心揪在了一起。我茫然地望着一枝枯萎的紫藤花，在一缕阳光和晚风中伤心地摇曳着。

就这样，弗朗兹的出现，让茂那在巴黎的日子里就承受着的暗藏在心中的歉疚变得愈加强烈。最后，我的伙伴不得不逃离这份难以割舍的幸福……

每个星期四和星期日，我都去询问伊冯娜·德·卡莱的消息。直到那天晚上，她终于病情好转，请我进来。在那间有一扇朝田地和森林的、又大又低的窗户的客厅里，她坐在燃烧着火焰的壁炉旁，不像我先前想象的那样苍白，但还是发着烧，眼睛里有明显的血丝，处在极度亢奋的状态中。尽管显得很虚弱，可是她穿戴整洁像是要出门一样。她的话很少，但带着不寻常的热情说出每个句子，似乎想要说服自己：幸福还没逝去……我几乎记不起我们当时谈了些什么，只是记得我最后犹豫地问她，茂那什么时候回来。

“我不知道他什么时候回来。”她激动地回答道，眼睛里流露出恳求的神态。我小心地避免问得更多。

我常来看她，通常在壁炉的炉火旁和她闲谈。楼下的客厅，夜晚来得要比房子里其他地方早。她从来不讲她自己，也不去讲她隐藏起来的痛苦，却兴致不减地让我细细地讲给她我们在圣阿加特公学时的学生生活。

她认真地、温柔地带着母爱般的兴趣听着男孩子们成长过程中经历的异想天开和历险故事，好像一点不出意外。她甚至没对我们那么大胆、那么冒失的幼稚行为感到惊讶。那份亲切和温情有一点像德·卡莱先生。她哥哥做的那些疯狂的事没有让她感到厌烦。我想她唯一自责的事，就是对她哥哥来说，她还不是一个足够亲密的知己。因为在他崩溃的时候，他没敢对她敞开心扉，和她讲的甚至比别人少。他在得不到帮助的情况下消失了。正是这些让我想到这个年轻女子承担着多么沉重、冒风险和无法回避的事，支持一个像她哥哥那样不现实的疯狂的灵魂——当她哥哥的疯狂牵连着那颗心，我的朋友茂那的那颗爱冒险的心的时候。

在她哥哥稚气的梦里，她对他依然是忠诚的。在他一直住到二十岁的地方，她怀着那份牵挂为他保留了一些梦的碎片。我最终能懂得这些，正是从那天她向我展示了那个一生中最令我感动的证明开始，我差不多可以讲这是一个我看到过的最神秘的证明。

那是一个难过的 4 月的晚上，凄凉的感觉像是在深秋。差不多一个月了，我们生活在温暖的早春里。德·卡莱先生陪伴伊冯娜重拾起她所喜欢的长长的散步。那天老人感到很疲惫而我又没有什么事。虽然天气看上去要变坏，她还是请我陪她出去走一走。

在离萨布洛尼埃半古里多的地方，我们沿着池塘走着。突然又是雷雨，又是冰雹，让我们感到很意外。在一个棚子下，我们躲避着无休止的大雨。风吹来，我们感到很冷。我们紧靠着站在一起，看着外面暗下来的景色，沉思着。我向她转过头去。她穿着一条轻柔的、朴素的裙子，脸色苍白，看上去焦虑不安。

“我们应该回去了。”她说，“我们已经出来好长时间了。谁知道可能会发生什么呢?”

但是，让我感到意外的是，当我们可以从遮雨棚里出来的时候，她不是返回萨布洛尼埃，而是让我跟着她一直往前走。我们走了很长一段路，到了一所我从没见过的房子前。这所房子孤独地坐落在坑坑洼洼应该通往普雷韦朗热的小路边上。这是一所普普通通的、有石板屋顶的小房子。它和这个地区那些常见的房子没有什么不一样，只是地处偏僻。

我看着德·卡莱小姐，她的一举一动就好像房子是我们的。只是为一段漫长的旅行，我们离开了它。她欠着身，打开小栅栏。带着忧虑的神情，她迅速地仔细查看了一下这个僻静的地方。暴风雨冲刷过的庭院草地，冬末那几天下午，孩子们一定来过这里。他们玩过的一只木轮圈浸在一滩水洼里。一些孩子们种花朵和豌豆的小苗圃里，大雨把白砾石的条纹冲刷得更加清晰。最后，我们发现紧靠着一扇湿淋淋的大门，一窝小鸡被大雨淋透了。在鸡妈妈已经僵硬的翅膀和零落的羽毛下，有些小鸡已经死了。

面对这样凄惨的一幕，伊冯娜哽咽地哭了。她弯下腰，没在乎泥水，捡起那些还活着的小鸡，把它们裹在她大衣的下摆里，用钥匙打开门，我们进了屋。

房子的四扇门朝向一条狭窄的走廊，风呼啸着穿过。伊冯娜·德·卡莱打开我们右手第一扇门，让我进去。这是一间昏暗的屋子。辨识了一会儿后，我看到里边有一面大镜子和一张乡村风格铺着红绸面鸭绒被的小床。她则去了别的屋子，找了会儿东西后，回来了。她挎着一只有羽绒衬里的篮子，里面装着被饥寒弄得半死的雏鸡。她把篮子小心翼翼地放在鸭绒被子下。冻僵的、焦虑不安的我们站在这所奇怪的房子里，一缕没有生气的微弱阳光——白天里第一缕也是最后一缕阳光——让我们的脸色更显苍白，让黄昏更显昏暗。

她不时地看一看生病发烧的小鸡，为了那些还活着的，她把刚刚死去的拿开。此时，我们有种默默的悲痛，那是陌生的孩子似的神秘忧伤，如大风透过阁楼破损的窗棂吹来。

“就是这儿。”伊冯娜说，“弗朗兹小时候的房子。他想要一所只给他自己住的房子，远离所有人。在那里，他可以自在地玩耍。他高兴的时候就住在这儿。我父亲觉得这是个不同寻常的突发奇想，挺好玩，没拒绝。弗朗兹情绪一来，一个星期四，一个星期日——无论什么时候，他会离开家，住到自己的房子里，就像一个大人。附近农场的孩子们也过来和他一起玩，帮他做家务，在花园里干活。多么美妙的游戏！晚上，他也不害怕一个人睡。我们很佩服他，甚至不为他担心。”

“现在，有好长时间了。”她叹了口气继续说，“房子空了。德·卡莱先生老了，又很忧郁。他不能去找弗朗兹，唤他回家了——他能做什么呢？”

“我经常来这儿。附近的农家小孩还像从前那样来院子里玩。我喜欢想象他们是弗朗兹原来的伙伴，想象他还是个孩子。而不久他会带着他迎娶的未婚妻回到这儿。”

“这些孩子都认识我。我和他们一起玩。这窝小鸡是我们的……”

多么伤感！——她讲出了她从未讲过的悲伤——多么大的懊

悔！——她失去了如此疯狂、如此可爱并如此被爱着的兄弟——这一切需要一场大雨像这样孩子般的倾泻才能让她吐露给我。我听着没作声，心在哭泣……

那几扇房门和那扇栅栏门被关上了。小鸡放回到房子后面的木棚里。她伤心地挽着我的胳膊。我又陪她上路了。

几个星期、几个月过去了，过去的时代！失去的幸福！她曾经是仙女、公主和我们青春年少时神秘的恋人。这回应该是我挽起她的手臂，说出善解人意的话来减轻她的悲伤，因为我的伙伴逃跑了。在傍晚下课后，在圣伯努瓦特-德尚山坡上，那么多次的散步中，我们应该说的唯一的话题偏偏是我们决定保持沉默的话题。

我现在能说什么呢？我没记住别的什么，只有那个已经模糊了一半的回忆——一张美丽消瘦的面庞。一双直视着我的眼睛，眼帘慢慢垂下，仿佛她的目光不能停留在任何地方，只停在内心世界里。

我依然是她忠实的伴侣——为她的一个漫长的等待陪伴着她，为了一个我们从没谈起过的等待——在整整一个春天和一个夏天里，这段时光永远不会再有了。好几次，我们下午来到弗朗兹的房子。她总是打开房门，通通风。这是为了年轻夫妇回来的时候，不会闻到发霉的气味。她照料着在后院过夜的半野生的鸡鸭。星期四或星期日，我们招呼附近村里的孩子们来这儿做游戏。喊叫声和笑声响彻了这个偏僻的地方，似乎让这所被遗弃的小房子显得更冷清、更空闲了。

第11章

雨中的对话

8月放暑假，我离开了萨布洛尼埃和伊冯娜。我打算回圣阿加特度过两个月的假期。我又看到了冷清的大操场，校园里有顶棚的长廊，空荡荡的教室……所有这些都在诉说着大茂那。每个角落都填满了我们少年时的回忆。在那些泛黄、漫长的日子里，就像茂那来这里寄宿之前那样，我把自己关在档案室或空荡荡的教室里。我读着，写着，回忆着……我父亲去远处钓鱼了。米莉在沙龙里做针线活或像从前那样弹钢琴……在无比寂静的教室里，有绿纸做的、撕碎的花环，丢弃的、给学生作奖品用的书籍的包装纸，擦得干干净净的黑板。所有这些都在说这个学年结束了，奖励发下去了。一切都在休假中，要等到秋季10月才开始新学期的努力……

我想我们的青春也结束了。幸福擦肩而过。我在等待开学去萨布洛尼埃的那天和奥古斯丹的归来——也许他再也不会回来了……

米莉想问我有关新娘的消息。我把一个好消息告诉了她。我有些害怕她的问题，她的问话狡黠又显得很天真。这样的问话会使你突然陷入尴尬，从而让她猜出你最隐秘的想法。我简短地回答了她，只告诉她：我的朋友茂那的年轻妻子要在10月做母亲了。

我现在还记得伊冯娜·德·卡莱告诉我这个重大消息的那天。我沉默了一会儿，略显年轻男子的尴尬。为了掩盖窘况，我没考虑可能触动她还未愈合的伤口，轻率地脱口而出：

“您一定感到很幸福。”

她带着平静的微笑，回答道：

“是的，很幸福。”口气里并没有自嘲、怨恨和懊悔。

假期的最后一周，通常是最美、最浪漫的一周，也是下大雨和开始点火取暖的一周。通常，这一周我会去老南赛阴暗、潮湿的冷杉林里打猎。而这次我打算直接回圣伯努瓦特-德尚。因为在老南赛的菲尔曼、朱莉姑母和表姐妹们会问我许多我不想回答的问题。这次我放弃了乡下猎手沉迷其中的八天秋猎，在开学前四天回到了学校。

夜晚来临前，我回到了铺满黄树叶的操场。马车离开了。我无精打采地打开母亲给我准备的饭盒，回声响彻在有股霉味的饭厅里。仓促地吃完饭后，我烦躁、焦虑地披上斗篷，出了门，一直朝萨布洛尼埃走去。

我不想在我回来的第一天晚上就擅自闯入那幢房子。我比2月来这里时更加大胆，先围着领地转了一圈。我发现只有伊冯娜的窗户闪出灯光。我走到房子后面，走进栅栏里的花园，坐在靠近树篱笆的长凳上。暮色中，我只是幸福地、静静地坐在那儿，在那个世界上最让我感动、最让我牵挂的人的身边。

天色变黑，下起了小雨。我低着头，茫然地看着鞋一点一点被雨浸湿，雨水在上面泛着光。黑暗和夜晚的寒冷慢慢包围着我，但并没有打扰我的沉思。我温情地、伤感地想象着9月末同样的晚上，圣阿加特泥泞的小路；充满雾气的广场，肉店小伙计在去抽水泵打水的路上吹着口哨；咖啡馆里明亮的灯光；马车载着满车的欢乐，车上的人纷纷打开雨伞，看上去像撑起了车篷。我们在假期结束前来到弗洛翰丹姑父家做客……

我伤心地想：所有这些幸福有什么意义呢？茂那，我的伙伴，不能在这儿和我们一起分享，他年轻的妻子也不能……

就在我抬起头时，我看到伊冯娜离我两步之遥。她走在沙子上，发出很轻的声音。我还以为是树篱上落下的水滴声。一条宽大的黑羊毛披肩裹着她的头，披在她的肩膀上。细雨飘落在她前额的头发上。她可能透过临花园的窗子看到了我。她来到我身边。这让我想起过去，雨夜里，母亲担心，出来找我，会对我说："应该回去了。"要是她觉得像在这样的夜色和细雨中散步很惬意，她只会轻柔地说："你会着凉的！"然后留下，伴着我聊很久……

伊冯娜·德·卡莱伸给我一只发烫的手。她放弃了让我进屋的想法，坐到长着灰绿色苔藓的、不是太潮湿的长凳边上。我站起来，膝盖顶在长凳上。为听到她的声音，我俯下身去。她友善地低声埋怨我缩短了假期，提前回到学校。

"这是应该的。"我答道，"我早一些回来陪陪您。"

"真的！"她用很小的声音叹了一口气说，"我还是一个人。奥古斯丹没回来……"

我带着歉意，带着深深的责备，慢慢地说：

"那么多愚蠢出自一个有着崇高想法的脑袋！可能历险的兴趣比一切情感都来得强烈……"

伊冯娜打断了我。正是在这个地方，那天晚上，她第一次也是最后一次，和我讲起茂那。

“不要这样说。”她慢慢地说，“弗朗索瓦·索海尔，我的朋友。这件事是我们——只是我的责任。想想我们做的吧……”

“我们对他说：看！幸福在那儿。你花费整个青春寻找的幸福在那儿。看！那位姑娘在那儿，她是你一切梦想的所在！”

“我们这样推着他往前走，他怎么会不感到焦躁不安？怎么会在逃离的念头前止步？”

“伊冯娜，”我低声地说，“您知道您是他的幸福所在，那个姑娘是您。”

“啊！”她叹了口气，“我怎么能片刻有这样骄傲的想法呢？正是这个想法引起这一切！”

“我曾对您说过，可能我什么也不能为他做。可在内心深处还是觉得：既然他这样寻找我，既然我爱他，我应该成全他的幸福。但是当他在我身边，看到他的焦躁、忧虑和他神秘的懊悔时，我懂了我只是一个可怜的女人，和别的女人一样……”

“‘我不值得您信任。’——他反复这样说，在婚礼之后第二天一大早。”

“我想要安慰他，想让他安下心来。可是没有什么能抚平他的不安。因此我说：‘如果您一定要离开，如果这个时候我的出现不能给您带来幸福，如果这时需要您离开我一段时间——为了以后您能平静地回到我身边，那么我请求您离开……’”

在昏暗中，我看到她抬起头看着我。这番话像是告白和忏悔。她焦虑地等待着我，想要知道我是赞成还是谴责。可我能说什么呢？我眼前自然地出现了往日的那个大茂那，笨拙、孤僻的他总是自责、内疚，而不去道歉或恳求一个肯定会得到的谅解。也许，伊冯娜·德·卡莱应该对他表达得更直接、更强烈——两手捧着他的脸，对他讲：“您可能做了什么，没有关系。没有人是无可指摘的。我爱您……”也许，她犯了一个大错，她用莫大的宽容，她的奉献，把他抛向了历险的路程……但我怎么可能对这样的仁慈、这样的爱说三道四呢！

在深深的局促不安里，我们沉默了一阵，听着冰冷的雨从篱笆和树枝滴下的声音。

“他早上离开的。”她接着说，“我们达成了谅解。他吻了我，简简单单，就像一个丈夫同他年轻的妻子告别，去长途旅行……”

她站了起来。我拉起她发烫的手，握在我手里，然后挽着她的胳膊，踏上了昏暗中的小路。

“不过，他从没给您写过信吗？”我问。

“从来没有。”她回答。

当那些挂念向我们袭来，想到他的历险生活——他正在法国或是德国的路上——我们开始讲起他，而我们之前从没这样讲起过他。我们慢慢地往家走。那些往日的感受，遗忘了的细节，又回到我们心中。我们诉说着彼此的回忆，每走一步都要停留好一会儿……直到花园的栅栏门前。这段路我们走了很久。在夜色中，我听着伊冯娜清晰的低语声。我恢复了往日对茂那的钦佩之情，怀着深深的友情，不厌倦地对她讲着那个把我们抛弃了的他……

第12章

重　担

学生们要在星期一开课。星期六晚上大约五点，一位从领地过来的女人走进学校操场。我正在那里忙着锯过冬的木头。她过来告诉我一个小女孩在萨布洛尼埃出世了。分娩很艰难。晚上九点时，他们不得不去普雷韦朗热请助产婆。午夜时，他们套上马车又去维耶棕请来医生。医生不得不用产钳。小姑娘的头受了伤。她哭了很久，但还活着。伊冯娜·德·卡莱现在很虚弱，她以常人难以想象的勇气抗争和忍耐着。

我放下工作，跑进屋，穿上外套。总之，我为这个消息高兴。我跟着老婆婆到了萨布洛尼埃，登上窄窄的木楼梯来到二楼，小心翼翼，也许两个虚弱的人有谁正睡着。德·卡莱先生在那儿，脸上满是疲惫，但是看上去很欣慰。他把我让进房间。房间里他们临时放了一个围着帘布的摇篮。

我从来没走进过当天有婴儿出生的房子。这对我来说是多么奇妙、神秘而美好。

这是一个如此晴朗的傍晚，像一个真正的夏夜，德·卡莱先生不假思索地打开朝向院子的窗户。他倚着窗台边，有些筋疲力尽，但带着幸福的神情，跟我讲起夜里的艰难。我在他旁边，听他讲着，隐约感觉到房间里有一个陌生的生灵正和我们在一起……

摇篮里，小婴儿开始哭叫，细小刺耳的声音，没完没了的……德·卡莱先生小声对我说：

"是头上的伤痛让她这样叫喊。"

他过去摆起摇篮。机械的动作让人感到他从早上一直这样摇，已经习惯了。

"她笑了，"他说，"她会抓着您的手指。哦，您还没见过她！"

他打开帘子。我看到一张红红的、浮肿的小脸，一个被产钳拉长、变了形的小颅骨。

"这没什么。"德·卡莱先生说，"医生说受伤的地方会自愈的……您把手指给她，她会紧紧抓住。"

我发现这里像个未知的世界。我满心的喜悦里有种怪怪的感觉。我从没有过这种感觉……

德·卡莱先生小心地打开伊冯娜房间的门。她没睡。

“您可以进去了。”他说。

她躺在那儿。一张发烧的脸，散乱的金发铺洒在枕头上。她向我伸出手，一脸倦意，微笑着。我跟她说了些对她女儿的恭维话。

“是，可是他们弄伤了她。”她微笑着说，话音有些沙哑而粗鲁，带着不同往常的生硬口吻，像一个刚从搏斗中挣脱的人。

考虑到不要让她太疲倦，我不久就离开了。

第二天，星期日下午，怀着愉快的急切心情我去了萨布洛尼埃。一张写着“请不要按铃”的纸，用大头针固定在门上，使我收回了伸出的手。

我没多想这意味着什么，用力敲起了门。我听到里面有人刻意压低脚步声，跑过来。一个我不认识的人——是维耶棕的医生——为我打开门。

“那么！发生了什么？”我急速地问。

“嘘！嘘！——”他生气地低声回答，“小姑娘夜里差点死了。那位母亲病得很重。”

我的思绪完全被打乱了。我跟着他蹑手蹑脚地到了二楼。小姑娘睡在摇篮里，脸色苍白，像一个死去的小孩。医生说他可以救她。至于那位母亲——他不能做任何承诺。他很详细地向我解释，把我当作这家唯一的朋友。他讲到了肺淤血，栓塞。他有些犹豫，不能确定……德·卡莱先生进来了。两天里他可怕地变老了，显得很憔悴，浑身颤抖。

他把我带进房间。我不知道他要做什么。

“一定，”他低声对我讲，“不要让她害怕，一定，按医嘱，让她感觉一切顺利。”

伊冯娜·德·卡莱躺在那儿，似乎全身的血液都涌到了脸上，头向后仰去，像前一夜那样，脸颊和前额呈暗红色，两眼不时翻白，好像喘息困难。她承受着难以忍受的痛苦，勇敢地反抗着死亡。

她说不出话，把烧得像火一样的手伸给我。我感受到她不平常的深情，差点号啕大哭。

“好吧！好吧！”德·卡莱先生大声地说，强作出一种近似疯癫的、可怕的愉快，“您看，对一个病人来说，她脸色还不是那么糟糕！”

我不知道该说什么，一直握着奄奄一息的年轻女子那只烫得吓人的手……

她吃力地想对我说些什么，问些什么。她看着我，然后向窗户看去，像示意我去外面找什么人……

但是，突然一阵可怕的窒息，她美丽的蓝眼睛，在悲惨地召唤我的瞬间，直往上翻。她的面颊和额头变黑了。她静静地挣扎着，忍耐着，直到最后的焦灼、骇怖和绝望。人们匆忙赶来——医生和女人们——带了氧气罐、毛巾、小瓶子。老人朝她俯下身，哭着仿佛她已远去，带着嘶哑颤抖的声音说：

“别怕，伊冯娜，不会有什么事。你不要害怕！”

突然发作的窒息消退了些。她可以稍稍喘口气了，但还是喘息困难。她头后仰，眼睛翻白，还在挣扎。她想看着我，和我讲话，却无法从痛苦的深渊里出来。

我在这儿只能碍事。我应该离开。而对这个决定，我至今感到深深的内疚。也许，我可以再留一会儿。我当时仍然抱有希望。我想说服自己，一切都不会来得那么突然。

我走到房后冷杉林边，想起床上的伊冯娜挣着身子向窗外看的眼神。带着哨兵或猎人那样的警觉，我察看了一下林子深处。

奥古斯丹曾从那边来，也曾在上个冬季从这儿逃跑了。唉！没有任何动静，没有可疑的影子，没有一枝儿树枝摇动，直到从去普雷韦朗热的小路方向传来微弱的教堂钟声。没多久，一个戴着红色教士帽、穿着小学生制服的小男孩跟在一位牧师的后面，出现在小路转口…… 我忍着泪水，离开了。

第二天是新学年开学的日子。早上七点时，已经有两三个男孩在操场上了。在要和学生们见面之前，我犹豫很长时间。最终我下楼了。我转动钥匙，打开发霉的、关了两个月的教室。

这个世界上我最担心的事情发生了。学生里年龄最大的一个孩子，从长廊下玩耍的一群孩子中向我走来。他告诉我，昨天，那位萨布洛尼埃的年轻太太在夜晚来临时死了。

我陷入无边的黑暗之中。我没有勇气开课了。我走向光秃秃的操场，疲惫使我腿软迈不开步。因为她的死，一切都那么让人痛苦，那么让人悲伤。这个世界变得空空荡荡。假期结束了。结束了！马车上迷路的长途旅行。结束了！神秘的节日…… 一切回想都变得如此苦涩。

我告诉孩子们今天上午没有课。他们成群结伙地离开，穿过村子，把这个消息传给了另一些学生。我穿上一件有饰边的男礼服，戴上一顶黑帽子，伤心地朝萨布洛尼埃走去……

我站在这所房子前——三年前，我们苦苦地寻找她！房子里，伊冯娜·德·卡莱，奥古斯丹·茂那的妻子，在昨天晚上走了。外来人会误认为这是一座小教堂。因为自昨天以来，这个伤心的地方就一片沉寂。

这个美丽的、开学日的早晨留给我们的，是穿过树枝的、虚假的秋日阳光！我怎么承受得了心中的苦涩和令人窒息的迸涌的泪水！我们找到了美丽的姑娘。我们赢得了她的芳心。她是我朋友的妻子。我用秘而不宣的、深厚的情谊爱着她。当我看到她时，我高兴得像个孩子。可能有一天我会和一位姑娘结婚。她会是我要透露那个重大消息的第一个人。

门铃旁，昨天的告示牌还留在那里。人们在下面门厅里放好了棺材。楼上孩子的奶妈接待了我。她给我讲述了伊冯娜的最后时刻，然后轻轻地把门打开了一些…… 伊冯娜躺在那儿，不再发烧，没有挣扎；不再发红的脸，没有期盼…… 只有沉静。药棉围着一张没有知觉的、僵硬的、苍白的脸。死气沉沉的额头上是浓密的、毫无生气的头发。

德·卡莱先生蹲在角落里，背对着我们。他穿着一双袜子，没穿鞋。带着可怕的执拗，他在凌乱的橱柜抽屉里翻找着。他不时地拿出一张女儿泛黄的老照片，一阵抽泣像一阵大笑，他的肩膀震颤着。

中午时下葬。医生担心她死于血栓，会很快腐化。因此，她全身都被消毒液浸过的药棉缠着，只露出脸庞。

人们给她穿上了她最喜欢的暗蓝色天鹅绒，上面散落着小银星的裙子，可是要把老式、漂亮的灯笼袖折叠、弄紧才能放入棺材。

大家要把棺材抬上楼，这才发现它太长，不能在狭窄的楼梯上转弯。有人建议在楼外面用一根绳子把它吊起，从窗户拉进来，然后再把它放下去……德·卡莱先生一直扎在一堆旧物里，寻找那些丢失的、天知道的回忆。这时他带着极度的愤怒插了进来。

“不，”泪水和气愤切断了他的声音，“与其做这样可怕的事情，不如让我把她抱下楼去……”

然后，他走了上去——凭他这样虚弱的身体，怎么承受这样的重量！他抱着伊冯娜下楼？——那是会摔倒的！

我做了唯一可行的决定，一步走了过去。在医生和一个女人的帮助下，我用一只胳膊托住死去的人的后背，另一只胳膊擎着她的腿，把她搬起来紧靠在胸前。她坐在我的左胳膊上，肩膀顶着我的右臂，头垂在我的下巴颏儿底下，重重地压在我的心口上。我一步一步沿着陡峭的、长长的楼梯，慢慢地走下楼。人们在楼下全都准备好了。

我的两只胳膊好像马上要断了，每走一步都有点喘不过气来。我紧紧地抱着一动不动的伊冯娜。我的头低在她的头上。我用力呼吸着。她没了生气的金发吸进我的嘴里，散发出大地的气味。

泥土和死亡的气味，沉重地压在我胸口上。这就是那场伟大的历险和您，伊冯娜·德·卡莱——我们苦苦寻找的、深爱的年轻女子——留给我的全部……

第13章

练习本

在这幢满是伤心记忆的房子里，女人们整天摇着、抚爱着一个病恹恹的小孩。不久，老德·卡莱先生病倒不起。冬天第一场寒潮袭来时，他平静地走了。

在这位充满魅力的老人床边，我的眼泪倏然流了下来。他的宽容和被弗朗兹继承的幻想精神，是我们所有历险的根源。

所幸他还没完全弄懂发生的事情，在寂静中离开了人世。很久以来，在这个地区他就不再有亲戚朋友了。他在遗嘱里，指定我暂时作为财产的受遗赠人，直到茂那回来。如果有一天他回来了，我要把所有的情况向他说明。

从那时起我住到了萨布洛尼埃，但还保留着在圣伯努瓦特的教师职位。每天一大早，我带好午饭赶往圣伯努瓦特，中午把饭在教室炉子上热一下。晚上一下课，我就马上往家走。这样我可以在孩子身边。农场的女佣们一直在照看她。更重要的是，如果某一天奥古斯丹回到萨布洛尼埃，我会马上见到他。

我没有灰心，在壁橱和家具的抽屉里慢慢地寻找他可能留下的东西，写在纸上的只言片语。这些能让我了解过去几年间，在长时间沉寂的日子里他的生活 —— 能让我知道他离开的原因，或许至少给我一些线索……

我徒劳地检查了不知道多少个衣橱和壁柜，打开杂物间里成堆的各式各样的旧纸箱。它们有的被成捆的旧信札和德·卡莱家发黄的照片填满，有的塞满了假花、羽毛和老式的鸟形饰物。从那些箱子里逸出我说不清是哪一种老物件的气味和淡淡的香气。这些突然唤醒了我的回忆和懊悔，让我的寻找戛然而止……

一个假日，我在储藏室里瞥见一只又旧又小、长方形低矮的旅行箱。这是只猪毛皮箱子，一半猪皮已经糟朽。我认出这是奥古斯丹的学生行李箱，责备自己没从这儿开始寻找。我轻而易举地拽下了生锈的锁。箱子里装满了他在圣阿加特上学时用的算术和文学教科书，还有一些写满习题的练习册……与其说是好奇不如说是伤感，我开始在这些东西里翻寻，重读那些我仍然能背出的听写段落，我们经常反复抄写的卢梭的《引水渠》*、保罗-路易·库里埃的《卡拉布里亚的一次历险》、《乔治·桑**写给儿子的信》……

还有一本练习册让我很惊讶。这种本子是留在学校的，学生们从不把它们带出去。这是个绿色的本子，边上有些泛黄。封面上用优美的圆体字写着学生的名字：奥古斯丹·茂那。我打开了它。第一页的日期“是189...年的4月”。我认出这是茂那在离开圣阿加特前没几天开始用的本子。

本子开始的文字，还遵守着学生作文的规矩。不过他只写了不到三页，剩下的好像都是空白，这大概是茂那把它带出来的原因。

我跪在地上，一边想起少年时代的成长过程中，我们要遵守的习俗和那些给孩子们定的莫名其妙的规矩，一边用拇指翻着接下来的空页。突然，空白了四页后，我发现了字迹，他又开始

---

* 《引水渠》(L’Aqueduc)，让-雅克·卢梭自传体著作《忏悔录》里的片段。

** 乔治·桑（Georges Sand，1804—1876），原名阿曼蒂娜-露西-奥萝尔·杜班（Amantine-Lucile-Aurore Dupin），19世纪法国女小说家、剧作家、文学评论家、报纸撰稿人。

写了。

他写得很快，字迹潦草，很难辨认。在一行一行参差不齐的小段落上，有时是一句未完成的句子，有时是一个日期。段落之间有一行或两行的空白。从第一行起，我就意识到这里会有茂那在巴黎生活时的记录。我可以找到蛛丝马迹。

为在更好的光线下从容地阅读这份奇特的资料，我下楼到了饭厅。这是一个晴朗的、天气不太稳定的冬日。有时灿烂的阳光把窗棂的影子投射在白色窗帘上，有时突然一阵风把冰冷的雨点打在窗玻璃上。窗前，燃烧着木柈子的壁炉旁，我一行一行地读着。这些字迹告诉我许多秘密……

第14章

秘　密

我又一次经过伊冯娜·德·卡莱的窗下，窗玻璃上依旧满是灰尘，两层拉上的窗帘衬得玻璃发白。即便她拉开窗帘，我能和她说什么呢？她已经结婚了……我现在做什么呢？怎么活下去呢？……

2月13日，星期六。在码头，我遇到了曾经像我一样守候在那所大门紧闭的房子前的女孩。去年6月时，正是她告诉了我伊冯娜结婚的消息……

我上去和她说起了话。在她走路时，我看到她一边脸有一些轻微的瑕疵：嘴角处有一条小皱纹，面颊有点凹陷，香粉积在鼻翼。可能是知道自己的脸从正面看比侧面看更漂亮的缘故，她突然转过身，正视着我，简短地说：

“您在笑我。您让我想起了一位年轻人。他过去在布尔日追求过我。我们订了婚……”

当天色全都黑下来的时候，僻静的、湿漉漉的人行道反射出煤气路灯洒下的微光。她突然靠近我，请求我今晚带她和她姐姐去一家剧院。这时我才注意到她穿着一件丧服。年轻的脸，头上是一顶老太太戴的帽子。一把做工精致的大雨伞有些像拐杖。我离她很近，比画着，手指甲划到了她上衣的绉纱。她的请求让我很犯难。她生气了，想马上离开。我急忙恳求她留下。这时一个工人从昏暗处经过，轻声打趣道：

“这不行，我亲爱的，他让你这样伤心！”

我们两人怔在那里，目瞪口呆。

剧院里，两个年轻女孩——我的朋友瓦朗蒂娜·布隆德和她的姐姐——围着破旧的围巾到了。

瓦朗蒂娜坐在我前面。她焦躁地扭动身子，好像在掂量我对她的想法。而在她身边，我有种近乎幸福的感觉，每次我都用微笑回应她。

我们四周是些袒胸露背的女人。我们开起了她们的玩笑。

接着，她收住笑，说：

“我不应该笑。我也是穿着低胸的衣服。”她弄了一下裹着双肩的披巾，黑色蕾丝方巾下，我能看到她匆忙改好的连衣裙。她把简朴的高领改低了。

让我不解的是，她看上去既天真又蹩脚而可怜。她的目光中有使我疑惑但吸引我的苦楚和冒险神情。在这个世界上，她是唯一我能打探到那个领地情况的人。在她身边，我不停地回想着往日的奇特历险……

我本想再问问她林荫大道旁房子的情况。而她反问我的一些问题让我尴尬，完全不知道怎样回答。我感到从今以后，我们会在这样的话题上保持沉默。不过，我知道会再见到她。可是那又怎样呢？那又是为什么呢？难道我不得不跟随任何一个能带我找回那次失败历险残迹的人走下去吗？——如果这只是一条模糊和遥不可及的线索呢？

午夜时分，我一个人在冷清的街上。我自问这个新的、离奇的插曲对我意味着什么。我沿着整齐排列的纸箱子似的房子往前走着。房子里面的人大概都睡了。我突然联想起一个月前做的决定：我想在夜深时，大约清晨一点钟去那所二层小楼。我会绕过房子，打开花园门，像小偷那样进去，寻找那些能让我找到迷失领地的蛛丝马迹——为再看到她，只是再看到她……

但是，我又累又饿。去剧院之前，我没吃晚饭，匆忙换了一件正装就出去了……

睡前，我激动不安地、长久地坐在床边，被隐隐的内疚折磨着。这是为什么？

从剧院出来，我意识到她们不想让我护送回家，也不想告诉我她们住在哪儿。但是，我尽可能地跟踪她们，走了很长时间。我知道她们住在一条小街上，离巴黎圣母院不远。我没看到门牌号，猜想她们是在做裁缝或是制帽工。

瓦朗蒂娜瞒着她姐姐，跟我定好星期四下午四点见面，在我们去的那家剧院前。

“如果我明天不在那儿，”她说，“星期五同一个时间你再来，然后是星期六……这样顺着往后，每天同一个时间去那儿，直到见面。”

星期四，2月18日。在潮湿的、裹挟着浓浓雨意的大风中我出了门，去预约地点见她。我一直感到：要下雨了……

我走在昏暗的街道上，心思沉重。这时掉下一滴雨。我担心如果雨下大了，她可能不会来了。大风又吹了起来，雨还是没下来。下午天气多变，有时阴沉，天空变成灰色；有时放晴，大风吹散了乌云。我蜷缩在见面的地方，苦苦等待着……

等了十五分钟后，我确定她不会来了。我从码头上遥望大桥，她可能会从桥上过来。人们络绎不绝地从上面经过。我的目光追随着所有穿丧服的年轻女人，远处的、近处的，那些看起来像她的。我看着她们过来，对她们几乎感激不尽。她们让我充满希望。

过了一个小时，我累了。夜幕降临，一名治安警察把一个人拖到临近的岗上。那是一个小流氓。他用压低的声音骂出了所有他所知道的脏话。怒火冲天的警察脸色苍白，气得说不出话来。他把小流氓拖进走廊，开始打他。为了更方便揍这个可怜的人，警察关上了门…… 一个可怕的想法向我袭来，我放弃了天堂，正在跳入地狱之门。

厌倦了这个地方，我离开了这里，来到一条窄窄的、地势有些低的街上。这条街在塞纳河和巴黎圣母院之间。在这里我大致认出了瓦朗蒂娜家的位置。我来来回回地在这条街上走着，独自一人。不时地有一位老婆婆或是一位家庭主妇从家出来，走在小雨里。她们要在夜晚来临前买回点儿东西……我还是走开了，留在这里毫无意义…… 在清澈的、让夜晚来得迟了一些的雨中，我回到了那个我们讲好见面的广场。这里比刚才来了更多的人，黑压压一片……

疑惑，失望，疲惫，我抱着一个想法：明天，同一个时间，同一个地点，我回来等她。我盼着明天到来。想着今天晚上和明天大半天，我要在百无聊赖的等待中度过，心里异常烦闷……可这一天不是差不多要过去了吗？…… 我回到家，坐在点燃的壁炉旁，听到卖晚报的叫卖声。这时，也许在某幢隐藏在巴黎圣母院后面的房子里，她也听到了叫卖声。

她……我想说的是瓦朗蒂娜。

这个晚上——想快点打发的晚上，让我感到格外不安。时间一点一点地过去，一夜的等待就要结束了。在我只想让它早早过去的时候，有些人却给予它所有的希望、爱和最后的能量；有些人在死亡的边缘挣扎；有些人面对到期票据，祈祷明天永远不会来；有些人知道他们会带着内疚醒来；还有更多疲惫不堪的人，这样的夜晚对他们来说永远不够，他们需要更充裕的长夜。而我浪费了这一夜，我有什么权利去想明天呢？

星期五晚上。我原本想要这样往下写：我没有再看到她。可能一切都已结束。

但是，这个下午四点钟，在剧院旁的角落里，看！她来了。她一袭黑衣，显得既苗条又庄重，脸上扑着粉，领花让她看上去像犯了错的皮埃罗。她忧伤的神态里带着些许调皮。

她仅仅是要对我说她想马上离开我，不会再来了……

…………

夜色中，我们并肩慢慢走在杜伊勒里宫*前的砾石上。她向我讲述着她的故事，说得有些隐晦，我没大听懂。

她说：“我的恋人……”——她在讲她的未婚夫——她没嫁给他。我想她是故意这样说的，是为了刺激我，让我不要爱上她。

我不情愿地把她的一些话记在下面：

“别对我有任何信任。”她说，“我从来都是做一些疯癫的事。”

“我在路上跑着，独自一人。”

“我让我的未婚夫感到很失望。我离开了他，因为他太爱我了。他看到的我只是一个幻象，不是真实的我。我浑身都是缺点。我们不会幸福的。”

她说每句话的时候，我都会感到她正在把自己说得很坏。这不是真实的她。她要证明给自己，她是对的。对那些她讲到的愚蠢的事，她不后悔，她配不上那份幸福。

---

* 杜伊勒里宫（Palais des Tuileries）曾是法国王宫，位于巴黎塞纳河右岸，于1871年被焚毁。

又一段：

“您所让我喜欢的……”她看了我有一会儿，对我说，“您让我喜欢，我不知道那是什么，可能是我的回忆……”

又一段：

“我还爱着他。”她说，“比您能想象的还要多。”

这时出乎我的意料，她突然粗暴地、忧伤地说：

“其实，您想要什么呢？您爱我，您也是？您也要向我求婚吗？”

我结结巴巴不知道回答了什么。可能我说了：“是。”

日记在这里戛然而止。随后是潦草的、只言片语的信稿，涂抹得难以辨认。——不靠谱的订婚！……在茂那的请求下，女孩放弃了工作。他为婚礼做着准备，可是脑海里不断出现继续寻找失去的爱情的意念。他要离开，沿着她的踪迹找下去。他可能消失过很多次。在这些信中，有一种悲剧式的尴尬。他试图在瓦朗蒂娜面前替自己辩解。

第 15 章

秘密（续篇）

日记又开始写了。

他记下了两人在乡下日子里的事，我不知道那是哪儿。奇怪的是，日记起笔就出现了一种隐秘的羞耻感，字迹断断续续、急速潦草，显得杂乱无章。我不得不从头再看，努力把故事理出头绪。

6 月 14 日，当他一大早在客栈房间里醒来的时候，阳光已经照亮了黑窗帘上的红色图案。楼下大厅里农场工人们端着早上的咖啡，气愤地用一些难听、冷漠的话大声数落着一位老板。这样的嘈杂声已经响了有一会儿，睡梦中的茂那最初没有理会。洒满一束束阳光的窗帘，从楼下窜入寂静房间的说话声，唤醒了往日乡间美妙假期第一天清晨醒来时的独特感觉。

他起床，轻轻敲了敲隔壁的门，没有动静。他悄悄地推开门，看着瓦朗蒂娜。他意识到这样的宁静幸福从哪里来。她静悄悄地躺着，一动不动，甚至听不到呼吸声，像一只小鸟疲倦极了深深睡去。他久久地看着这张闭着眼睛的孩子般的脸，那么安静，以至于他舍不得去叫醒她，想永远不要去打扰她。

为了表示她不再睡了，她只是睁开眼睛看着，还是一动不动。

她一穿好衣服，茂那就回到了她身边。

“我们晚了。”她说。

她立刻像一位主妇那样，把房间规整了一番，开始刷茂那前天晚上穿过的衣服。当拿起裤子时，她叹了口气。裤子小腿处粘了一层厚厚的泥巴。她犹豫了一下，开始仔细、小心地用刀子刮掉泥土。

“就是这样，”茂那说，“圣阿加特的孩子们在泥地上摔跤时，就会把裤子弄成这样。”

“是我妈妈教我这样做的。”瓦朗蒂娜说。

在经历神秘的历险之前，大茂那原本是一位农民和猎人。瓦朗蒂娜做他的伴侣本来是很合适的。

6月15日，经一些朋友介绍，他们受邀作为夫妇一起去参加农场晚宴。这让他俩感到很苦恼。她表现得很害羞，像一位新娘子。

桌子上铺着白亚麻布，两端各放着一个烛台。人们点亮了蜡烛，仿佛在平静地庆祝一场乡下婚礼。坐在桌前的人们只要向前探一下身子，幽暗烛光下的面孔就会罩上阴影。

瓦朗蒂娜右边坐着帕特里斯——一位农民的儿子。茂那在她的左边。他一直沉默不语，尽管他们一直在和他讲话。自从他决定让这座偏远山村的人把他们当作一对正式夫妻，以躲避闲言碎语，他就感到很内疚。帕特里斯以一位乡下绅士的姿态，主持着这次晚宴。茂那想："今天晚上，应该是我，在一间有着低低的天花板的大厅里，就像这里，在一间我熟识的、漂亮的大厅里，主持我们婚礼的晚宴……"

在他的身旁，害羞的瓦朗蒂娜谢绝了人们所有的礼让，像个没见过世面的农家姑娘。每次人们想要给她夹菜、敬酒时，她都要躲一下，看着她的朋友，寻求呵护。帕特里斯徒劳地坚持让她干掉杯里的酒。最后，茂那低头轻轻地对她说："一定要喝，我的小瓦朗蒂娜。"

她乖乖地喝了。帕特里斯微笑着称赞年轻人有一位温顺的妻子。瓦朗蒂娜和茂那一直沉思不语。他们是累了。路上被泥水浸湿的鞋踩在刚擦过的厨房石板上，他们感到脚底冰凉。而且，不时地年轻人还不得不说：

“我的妻子，瓦朗蒂娜，我的妻子……”

在那些不相识的农民面前，在幽暗的厅堂里，每次他低声说出这些的时候，他都感觉像是做错了什么。

6 月 17 日，最后一天下午开始得很糟。

帕特里斯和他的妻子陪着他们一起去散步。在凹凸不平的、开满石楠花的斜坡上，两对人渐渐地分开了。茂那和瓦朗蒂娜坐在刺柏林间的一片小灌木丛里。

那天晚上天低云暗，风夹着雨。气氛似乎有些苦涩，即便爱情也不能驱散这份苦痛。

他们隐藏在树枝下，待了很久，很少出声。时间渐晚，天放晴了。心情也随着天气好转起来，他们相信一切都会好起来。

他们开始谈论爱情，或者说是瓦朗蒂娜在说。

“我的未婚夫当时像一个孩子。他给我的许诺是：我们马上会有一所房子。一所隐蔽在乡下的小屋。那里什么都准备好了。他说我们在那儿就像从长途旅行中归来。我们的婚礼在晚上——大约这个时候，傍晚，那些在小路上、院子里和躲在小树丛中的不相识的孩子们会出来迎接我们，并且喊着：新娘万岁！……多么疯狂！不是吗？”

茂那目瞪口呆，不安地听着。他发现，在这个故事里，似乎听到了一个熟悉的声音的回响。还有，他感到在姑娘的口气里，在她讲述那个故事的时候，有种隐隐的遗憾。

她怕伤害他。她有些冲动，但是信赖地朝他转过身。

“我要拿出我所有的东西给您：一些一直是我最珍贵的东西……我想让您烧掉它们！”

她一边用不安的神情盯着他，一边从口袋里掏出一小沓信递给他。这些是她未婚夫的信。

啊！他马上认出信上精美的字迹。怎么他没早早地想到这些！这是弗朗兹，那个波希米亚人的字。他曾看过他写的字，在那个领地的房间里，在他留下的那张绝望的便条上……

下午五点的夕阳照亮了雏菊和苜蓿草。它们之间有一条窄窄的小路。他们走在上面。强烈的惊讶打乱了茂那的思绪，以至于他没有意识到这一切对他意味着什么。在她的请求下，他读着那些稚气的、多愁善感和动人的句子……

这是最后一封信里的话：

> 啊！您失去了那颗心，不可饶恕的小瓦朗蒂娜。在我们身上会发生什么事呢？总之，我不是一个迷信的人。

茂那读着，内疚和气愤使得他有点目眩。他的脸变得僵硬而苍白，下眼睑颤动。瓦朗蒂娜不安地看着他，看着他颜面的变化，发生的事让他如此不快。

“哦，那颗心，”她急忙解释，“一个小饰品，他给我的。他让我答应他一定要保存好它。这是他的那些疯狂想法里的一个。”

但是这些解释更激怒了茂那。

“疯狂！”他说道，把信放到了口袋里，“为什么不断地说这个词？为什么从没想去相信他？我认识他，他是这个世界上最棒的男孩。”

“您认识他？”她激动地说，“您认识弗朗兹·德·卡莱？”

“他是我最好的朋友，我们是爱历险的伙伴，像兄弟一样。可是，看啊！我抢走了他的未婚妻！”

“啊！”他愤怒地继续说，“您给我们带来了多少痛苦，您什么也不想相信。就是因为您，一切都失去了。全都失去了！”

她想和他说话，抓住他的手，但是他粗暴地推开了她。

“您走吧，让我一个人待着。”

“唉，如果是这样的话，”她结结巴巴地一边说一边哭，脸涨得通红，“我要走了。我要回布尔日，和我姐姐一起回家，如果您不再回来找我。您知道，我父亲太穷了，不能养活我。唉，我还得回到巴黎，会再走那条我以前走的路。我会成为一名失足女孩。我丢掉了赚钱的生计……”

为了赶火车，她离开去收拾包裹了。茂那甚至没有看着她离开。他继续漫无目的地走着。

日记又一次停止了。

接下来的是一些信的草稿，一些优柔寡断、茫然若失的人的信。回到拉费尔泰-当吉永，茂那给瓦朗蒂娜写了信，向她做了些解释，说明他不会再见她的决定。实际上，他可能很想得到她的回复。在一封信里，他在不安中问了甚至没想问她的事：她知道那个他一直在找的领地在哪儿吗？……

在另一封信里，他恳求她与弗朗兹·德·卡莱和解。他承诺要找到弗朗兹……

一些信的草稿他可能从没寄出。他应该是寄出了两三封，但是没有收到回复。他深感孤独，经历了一段可怕的痛苦挣扎。当再看到伊冯娜·德·卡莱的希望完全落空的时候，他一定是渐渐感到他寻找的欲望在减弱。

接下来的几页——日记的后几页——在假期开始的一个美丽的早晨，为了去布尔日，为了参谒那座大教堂，我想他不得不租了一辆自行车。

一大早他就出发了，经过树林里那段漂亮、笔直的路。为了不丢面子地出现在曾被他赶走的女孩面前，而不是去请求和解，他在路上想了一千来个借口。

在我重新拼读起来的最后四页里，茂那讲述了这次旅行和他最后的懊悔……

第16章

秘密（结局）

8月25日。茂那找遍了布尔日，在一处新郊区的边上，花了很长时间，才找到瓦朗蒂娜·布隆的家。一个女人——瓦朗蒂娜的妈妈，在家门口，似乎在等他。她是一位和蔼的主妇，有点胖，一脸皱纹，但依然楚楚动人。她好奇地看着他走过来。当被问到布隆小姐是否在这儿的时候，她慢声慢语、亲切地回答道：

“瓦朗蒂娜8月15日回巴黎了。她们让我许诺，不对别人说她们去哪儿了。”

她接着说：

“如果写信到她们的旧地址，信会被转到新地址。”

茂那推着自行车，穿过花园，沿着来时的路往回走，边走边想：

“她走了…… 事情像我想要的那样结束了……是我逼她这样做的。她说过她肯定会变成一个风尘女子。是我把她抛弃在那儿的！是我弄丢了弗朗兹的未婚妻！”

他发疯似地轻声重复着：真是太妙了！太妙了！

他的心乱极了。在那个女人的注视下，在栅栏门前，他感觉两脚就要绊在一起，摔倒，跪在地上。

他不想吃午饭了，坐在咖啡馆里，给瓦朗蒂娜写了一封长信。这只是为了喊出来，为了从令人窒息的绝望中解脱出来。他在信里不断地重复着：

“您可能已经……您可能已经……您可能已经听任那些了！……您可能就这样沉沦下去了！……”

在他旁边，一些军官们喝着酒。其中一位高声地讲着一个女人的故事。他从只言片语中听到：

“……我对她讲……您应该好好地了解我……每天晚上我都在和您丈夫打牌！”

其他人哄笑着，转头把口水啐在长椅的靠背后面。茂那一副憔悴的样子，灰突突像一个乞丐那样看着他们。他想象着瓦朗蒂娜坐在他们膝盖上的情形。

他骑在自行车上，在大教堂周围长时间地游逛着。他默默地告诉自己："总之，我是奔这座教堂而来的。"

从教堂前的每一个街口，他向它望去。它从冷清的广场上升起直冲天空，冷漠而高大。窄窄的街道很脏，像那些乡下教堂周围的小巷。他时不时看到一盏红灯悬挂在一所诡异房子的门口 …… 来到这片肮脏的充斥着邪恶的地方，像回到了中世纪。茂那感到深深的沮丧和痛苦。他躲在大教堂的飞扶壁 * 下，心中突然升起一种农夫那样的恐惧，对城里的这座教堂厌恶起来，仿佛所有邪恶都刻在它隐蔽的角落。教堂建在这样烂的地方，对他的痛苦和悔恨不会有一丝慰藉。

两个女孩走了过来，彼此搂着腰，无礼地看着他。不知是出于憎恶还是要表现得满不在乎，是为了惩罚自己的绝情，还是为了毁掉那份爱情，茂那骑在自行车上，慢慢地跟着她们。她们中有一个可怜的头发稀少的金发女孩。她在头上盘了一个假发髻。她约他下午六点在教区花园见面。弗朗兹在一封信里提过这座花园，他曾约过可怜的瓦朗蒂娜在那里见面。

茂那没拒绝，即使知道那个时候他早已离开。在坡路旁的一间房子里，女孩透过低矮的窗子，一直向他作着含糊不清的手势。

---

* 飞扶壁常见于哥特式建筑，尤其经常出现在大型哥特式教堂中。

他现在急于踏上返回的路。

在离开之前，他没能控制住心中那个沉重的愿望——最后一次经过瓦朗蒂娜家门前看看。他睁大眼睛看着，好像要把一切深藏在悲伤的记忆中。这是镇郊一边最后几所房子中的一所，房前的大街通往乡下公路……房子对面，一片空地形成了一个小广场。窗前没有人，院子和街上也没人。只有一个蓬头垢面，脸上涂着粉的女孩沿着墙根走过。两个衣衫褴褛、邋邋遢遢的男孩子跟在她后面。

就是在这里，瓦朗蒂娜度过了童年。就是在这里她开始用自信、聪慧的眼睛看这个世界。她曾在窗前做针线活儿。这条镇郊小街，弗朗兹曾经走在这里，只为看到她，向她微笑。但是现在，一切都不复存在，什么都消失了……

这个伤心的傍晚继续着。茂那想象着，在某个地方，也许就在这个下午，失足的瓦朗蒂娜回想着这个惨淡的地方，她再也不会回来的地方。

他踏上了回家的旅程。留给他的这段长长的路应该是对他的悔恨最后的安慰，他强迫自己放松一下，想缓解他的苦楚。

他骑上车子离开。靠近大路，另一番景色出现在眼前，山谷里，河岸边，有一些形制迷人的农舍。山上有带哥特式屋顶的房子，在树林的掩映中，墙上满是绿衣。草坪上的女孩们，也许正在那里忘情地述说着她们的爱情秘密。

这样美丽的场景是为那些天真无邪的灵魂营造的……对茂那来说，他的脑海里只有那场令人绝望、半途而废的爱情。他残酷地践踏了它。那位姑娘像草坪上的那些女孩一样纯洁，他本应该呵护她，让她远离邪恶，而不是把她送上绝路。

日记后面仓促写上的几行字表明，无论付出怎样的代价，在为时还不太晚之前，他要找回瓦朗蒂娜。在那页纸的一角里有一个日期，正是那个他决心开始漫长旅行的日子。茂那太太当时正在为那次出行做准备，而我恰在那时来到拉费尔泰-当吉永，把他们的计划打乱了。8月底，在旧时的市政厅里，茂那在一个美丽的早晨记下了他的回忆和计划——当时我推门而入，带来那个他早已不再期待的重大消息。他的心又回到了那场久远的历险。当时他瘫在那儿，一动不动，失去了行动的能力和坦白的勇气。之后他开始自责、悔恨和忧虑，时而低沉，时而心里升起失而复得的兴奋。直到婚礼的那天，那个波希米亚人在冷杉林里的呼号，戏剧性地让年轻人想起，在他还是一个孩子的时候，他发过的第一个誓言，一个成年人的誓言。

黎明时，带着前一天刚成为他妻子的伊冯娜·德·卡莱的允诺，在离开——而且永远地离开之前，茂那还是在练习本上匆忙潦草地写下了几句话：

> 我走了。我必须找到那两个波希米亚人的踪迹。他们昨天来过，在冷杉林里，然后骑自行车朝东走了。我不会回到伊冯娜身边，除非领回完婚的弗朗兹和瓦朗蒂娜，把他们安顿在弗朗兹的房子里。
>
> 这本手稿是一本私密日记，我写下了这些。这是我的告白。如果我不回来，我的朋友弗朗索瓦·索海尔将是这本日记的主人。

匆忙中，他想必把本子塞在了别的本子下面，重新锁好老式学生行李箱，走了。

尾声

时光流逝，我对再看到我的同伴不抱希望。在这所乡下学校的暗淡日子，在这所冷清房子的忧伤日子一天天过去。弗朗兹没有像我们约定的那样回来。而马奈罗姨奶很久以来就不知道瓦朗蒂娜住在哪儿了。

没多久，那个命悬一线的小姑娘成了萨布洛尼埃唯一的快乐源泉。9月末，她出落成一个结实、漂亮的小姑娘。她快一岁了。她能抓住椅腿的横梁，一个人推着它，学着走路，摔倒了，再爬起来。吵闹声在这幢被遗弃的房子里激起沉闷的、长长的回响。当我把她抱在怀里时，她从不允许我亲吻她。她用既无礼又迷人的方式扭动着身子，用张开的小手推开我的脸，笑着，尖叫着。她小宝宝的欢乐和充沛精力，仿佛要驱散从她出生那天起就笼罩着这幢房子的悲伤气氛。有时我想，虽然这是个有野性的小姑娘，可她会是我的孩子。但又一次，上天做出了另外的安排。

9月末，一个星期日的早晨五点半，我很早就起床了，甚至比那位照看小孩的农妇还早。我本打算跟贾思曼·德鲁士和两个住在圣伯努瓦特的男人去谢尔河钓鱼。我和周边的村民相处得很好。他们经常约上我去偷钓。夜里，我们用渔网捕鱼，而网捕是被禁止的。夏季有空闲的日子，我总是跟着他们在拂晓时出发。我们中午前不会回家。对这里大多数男人来说，这是他们的生计。而对我，这是唯一的消遣。这些有点冒险意味的野游，让我想起过去整装出发的出游。我经常沿着河岸或在池塘芦苇丛中钓鱼，这让我最终迷恋上了远足。

我来到房前。在一间靠墙的小棚子里——这堵墙把农场菜园和萨布洛尼埃的英式花园隔开了—— 我忙着解开上个星期四扔在那里的一堆渔网。天还没怎么放亮。小棚子里的光线很暗。在美丽的、9月的晨曦中，我匆匆整理着渔具。

就在我一个人静静忙碌的时候，突然听到栅栏门打开，一只脚踩进来，在砾石上发出声响。

“哦！哦！”我心里想，“瞧，我的人比我想的来得早。可我还没准备好！……”

但是这个走进院子的人我并不认识。我尽力辨认着。这是一个留着大胡子的家伙，打扮得像一个猎人，或更像一个偷猎者。这人没有向我走来，而是直接去了房子的前门。按约定，大家都知道我会准时在这里等他们。

“好啊！”我想，“这是他们瞒着我，派了这个人来作探子的。”

这个男人小心地轻轻去拉前门的门栓。可是我出来时锁上了它。他又去拉厨房的门栓。然后，他犹豫了片刻，朝我转过身。他不安的脸被朦胧的晨曦照亮了。这时我认出了大茂那。

我大吃一惊，久久地愣在那儿，悲痛欲绝。他的出现一下唤醒了那么多痛苦的记忆。

他消失在房后，转了一圈，然后回来了，表情迟疑。

我朝他走了过去，什么也没说，抱着他呜咽起来。他马上明白了。

“啊！”他简短地说，“她走了，不是吗？”

他迟钝地站在那儿，沉闷得一动不动。这真让人受不了。我伸出胳膊挽住他，轻轻地拉着他往屋里走。天大亮了。这是最让我为难的事——我立刻把他带上楼，引他到那个逝去的人的房间。一进门，他就双膝跪在床边，久久地把头埋在手臂里。

最后，他站起来，蹒跚着，眼神茫然若失，仿佛不知身在何处。我引着他，走进里面的套间，小姑娘的房间。她一个人在里面，睡醒了，爬起坐在摇篮里。奶娘还在楼下。她吃惊地把小脑袋转向我们。

“看！你女儿。”我说。

他吓了一跳，看着我。

他抱起她，搂在怀里，泪如泉涌。为了转移一下激动的情绪，控制一下泪水，他紧紧抱着坐在右臂上的小姑娘，把脸转向我，低下头对我说：

“我把他们带回来了，那两个人……你会在他们的房子里见到他们。”

……我思绪如潮，几乎是快乐地走向弗朗兹的房子——那所伊冯娜·德·卡莱带我去过的、冷清的房子。我远远看到一位穿着细布绉领衣服的年轻主妇，正在家门口打扫。她引起了那些穿着得体去做弥撒的小牛倌们的好奇和兴奋……

小姑娘被紧紧抱着，有些不耐烦了。奥古斯丹为了隐藏和抑制住泪水把头扭向了一边，一直不去看她。她用小手使劲拍打茂那沾满泪水的嘴角和胡须。

看！父亲把女儿高高举起，抛到半空又伸手接住，微笑地看着她。她满意地拍着手……

为了更好地看看他们，我略微往后退了退。我有点失望但还是激赏不已。我意识到，小姑娘终于找到了她默默无声等待着的伙伴……我感到大茂那回来就是为了带走他留给我的唯一的快乐。而这早已在我的脑海里。

入夜时分，他用披风裹着女儿，带着她离开了，开始他新的历险。

图书在版编目(CIP)数据

大茂那/(法)阿兰-傅赫涅(Alain-Fournier)著；
张挽云译.—上海：上海人民出版社，2019
ISBN 978-7-208-15912-9

Ⅰ.①大…　Ⅱ.①阿… ②张…　Ⅲ.①儿童小说-长篇小说-法国-现代　Ⅳ.①I565.84

中国版本图书馆CIP数据核字(2019)第122583号

责任编辑　范　晶
装帧设计　尚燕平

大茂那
[法]阿兰-傅赫涅 著　张挽云 译

出　　版　上海人民出版社
(200001　上海福建中路193号)
发　　行　上海人民出版社发行中心
印　　刷　上海盛通时代印刷有限公司
开　　本　787×1092　1/32
印　　张　10.25
插　　页　20
字　　数　161,000
版　　次　2019年7月第1版
印　　次　2019年7月第1次印刷
ISBN 978-7-208-15912-9/I·1828
定　　价　48.00元